長編小説

みだら千年姫

睦月影郎

竹書房文庫

目次

※この作品は竹書房文庫のために書き下ろされたものです。

第一章　ちょっとお時間下さい

1

（ああ、学校へ行きたくないが、あと少し乗り切れば自由登校だ……）

加《か》賀《が》文《ふみ》彦《ひこ》は思いながら、重い足取りで通学路を歩いていた。

今日もあいつら、酒《さか》井《い》良治《よしはる》に岡田《おかだ》順二《じゅんじ》たち、出来の悪い不良どもの使い走りをさせられるのだろう。二人とも進学組ではなく、高校を出た後は、どうせフリーターやサーファーでもしながら遊び呆《ほう》ける気だろうから、卒業間際で退学になろうと何とも思っていない連中であった。

一方、文彦は最小限の登校日数をクリアしなければ無事に卒業できないだろうし、それでは大学に入れない。

何しろ彼の大学合格は、両親の切実な願いなのだ。

文彦は十八歳になったばかり、ここ鎌倉に住む高校三年生だった。

もう冬休み間近な暮れだから、年が明ければ三年生は受験のため自由登校となり、あとは三月の卒業式を待つばかりだった。

そして受験をこなして合格すれば、晴れて春から新生活に入れるのである。

小中高校と、文彦の人生はいじめられっ子の歴史であった。

小学生の頃から悪ガキたちにプロレスの技をかけられたり、中学時代は金をせびられ、泣いてばかりの日々を送ってきた。

県立高校なら、それなりにレベルの同じぐらいの連中だからと安心したが、学力と性格は全く関係がなく、相変わらずタチの悪い連中に文彦は金をたかられ、使い走りさせられる日々を送っていた。

学力はまあまあるのだが、何しろ運動が大の苦手で引っ込み思案のため、年中学校をサボっては読書ばかりしてきた。

そして文彦には、苛《いじ》められたくないという憂鬱《ゆううつ》の他にもう一つ、絶大な性欲を持て余しているという悩みを抱えていた。

日に二度三度とオナニーしなければ落ち着かず、学校へ行っても担任の美人教師、小野亜佐美《おのあさみ》や、同じ文芸部員でクラスメートの山辺沙貴《やまべさき》ばかり見つめては、帰宅後にその面影で抜いてばかりいた。

せめて在学中にセックス初体験、いや、ファーストキスだけでも経験できないものだろうかと願ってはいるが、シャイで何も言えず、その高校生活もあと僅《わず》かしか残っていないのだった。

（こんなことで受験は大丈夫なんだろうか……）

文彦は思いながら、やがて校門へ向かうため道路を渡ろうとした。

その時、けたたましくクラクションが鳴り、彼は慌てて歩道へ戻った。車は猛スピードで通り過ぎ、文彦はほっとした。

「危なかったわね」

「え……？」

声をかけられて横を見ると、三十前後の美女が立って、彼に笑みを向けていた。雰囲気からして、新任の教師だろうかと、文彦は一瞬思った。

「ちょっとお時間いいかしら」

「何でしょうか。登校しないといけないのですが」

言われて、文彦は少し不安になった。何かの勧誘ではないかと思ったのだが、何しろ今まで見たこともない超美女なので別れ難い気持ちにもなった。

「ほんの少しよ」

「はあ、何分ぐらいですか」

「五分、いえ、一千年ぐらいかしら」

「い、一千年……、どういうことです」

「心配要《い》らないわ、加賀文彦くん。遅刻はしないし願いも叶《かな》うわ。セックス体験の」

「え……？」

いきなり名を言われ、文彦はあらためて彼女を見た。

スーツにセミロングの黒髪、鼻筋が通って目鼻立ちが整い、ウエストはくびれているが胸も尻もボリュームがあった。

その彼女が名刺を差し出してきた。見ると、

『ルナ機関、月野千歳《つきのちとせ》』

とあり、住所が鎌倉市二階堂《にかいどう》なので、文彦の家からもそれほど遠くない。

「来て。そこに私の車が」

彼女、千歳が歩きはじめると、美貌に誘われるように文彦も従ってしまった。

セックス体験の願いが叶うという、その一言に惹《ひ》かれたのかも知れない。

彼が助手席に乗ると、千歳はすぐ軽やかにスタートさせ、鎌倉の山奥へと向かっていった。

車内には、生ぬるく甘ったるい匂いが濃く籠《こ》もって、その刺激がやけに艶《なま》めかしく文彦の鼻腔と胸を満たしてきた。

「どこへ？」

「名刺の住所のところよ」

「どうして僕の名前を？」

「今回のプロジェクトに最適な人を、コンピュータが選んだの」

「よく分からないけど、僕が何かするんですか」

「タイムマシンで一千年前に戻って、かぐや姫とセックスしてもらうの。どうしても月世界の女と、地球の男との混血が欲しいのよ」

「そんな……」

文彦は笑って言ったが、千歳の横顔は真剣そのものである。

「その前に、童貞だろうから私と初体験してもらうわ。嫌？」

「い、嫌じゃないです……」

思わず答え、文彦は股間が熱くなってきてしまった。

同級生の沙貴も好きだが、無垢《むく》同士よりも、最初はこんな綺麗な年上の女性に手ほどきされるのが夢だったのだ。

まあ、二十五歳になる教師の亜佐美が理想だったが、この三十前後の千歳ほどの美女なら申し分ない。それに亜佐美とのセックスなど、夢のまた夢だろう。

「竹取物語《たけとりものがたり》は知ってる？」

千歳が、唐突に訊《き》いてきた。

「ええ、古典は好きですから。竹取の翁《おきな》が、光る竹を不審に思って切ったら、女の子の赤ん坊が出てきて、三ヶ月ばかりで成人して、翁は光る竹を売って金持ちになり、多くの貴族から求婚されたけど、かぐや姫は無理難題を押し付けて断り、帝《みかど》とも別れて月に帰った」

文彦は、記憶をたどりながら言った。

「そうよ、それから？」

「確か別れ際、不老不死の薬をもらったけど、帝はかぐや姫のいない世で長生きしても仕方がないと、家来に命じて月に一番近い高い山の上で焼かせた。それで不死が転じて富士の山」

「そうよ、その家来が、月《つき》の岩笠《いはかさ》という私の先祖」

「え……、まさか、竹取物語は実話……？」

彼は目を丸くした。

「ええ、岩笠は、不老不死の薬を焼いたけれど、僅かに舐《な》めてしまい、焼け残りの灰も手に入れてしまった。命令違反を犯した彼は、京の都へ戻らず、風水の地形で京によく似た鎌倉に来て棲《す》みついた。すると、その力に引き寄せられたのか、次の都が鎌倉に定められて」

「ちょ、ちょっと待って下さい……」

文彦は混乱し、頭の中を整理した。

「着いたわ。続きはあとにしましょう」

千歳が車を止めて言い、周囲を見回すとそこは森の中。

「瑞泉寺《ずいせんじ》の裏手の方かな……」

車を降りた文彦が言うと、千歳は目の前にある建物に向かっていった。森の中に小さなバラックの建物があり、彼女は鍵《かぎ》を出してドアを開けた。

一緒に入ると、中はがらんとして、事務机と椅子があるだけ。

そして奥のドアを開けると階段があり、千歳は彼を地下に招いた。

恐る恐る階段を下りると、彼女が灯《あか》りを点《つ》けた。

するとと地下は広く近代的な作りで、多くの実験器具や機械が並んでいて、中央に丸いドーム状のものが安置されている。

「これが、まさかタイムマシン……」

「そうよ、まず奥のベッドで脱いで」

文彦が言うと千歳は話を後回しにし、さらに奥へ行くとそこにベッドがあった。

「ここで、まずセックスのお勉強よ」

「え……」

「かぐや姫のいる平安時代は、ろくに湯浴《ゆあ》みもしないから体臭が濃いと思うわ。それに慣れるため、私も三日ばかりシャワーも浴びていないの。我慢できる?」

「え、ええ……」

文彦は期待に胸を震わせて答えた。今までも、沙貴の上履きをこっそり嗅いだり、亜佐美とすれ違ったときの空気の揺らぎを貪《むさぼ》っていたから、無臭より、匂いが濃い分には大丈夫だと思った。

まさか、そんな性癖だからコンピュータが彼をこの計画に最適だと選んだわけでもないだろうが、今の彼は、この超美女とセックスできるという興奮で、次第に何も考えられなくなってしまった。

「さあ、早く」

千歳が促し、自分から手早くスーツを脱ぎはじめたのである。

文彦も緊張と興奮に震える手で学生服とズボンを脱ぎ、シャツと靴下、下着まで脱ぎ去って全裸になってしまった。

すると千歳も一糸まとわぬ姿になり、彼をベッドに押し倒してきたのだった。

2

「さあ、今までしたかったことを、全部好きなようにしてごらんなさい」

千歳が腕枕してくれて言い、文彦は濃厚な匂いに誘われながら身を寄せ、彼女の腋《わき》の下に鼻を埋め込んでしまった。

(ああ、腋毛……、何て色っぽい……)

彼は、超美女の腋に煙る腋毛に感激しながら思い、鼻を擦りつけて濃厚に甘ったるい汗の匂いを嗅いだ。

どうやら千歳も、これから文彦が平安時代にいるかぐや姫を抱くとき戸惑わないように、なるべく全身のケアはしていないようだった。

目の前では、白く豊かな乳房が息づいていた。彼は美女の生ぬるい体臭で胸を満たすと移動し、チュッと乳首に吸い付いていった。

「ああ、いい気持ち……」

コリコリと硬くなっている乳首を舌で転がすと、千歳が熱く喘ぎ、彼の顔を両手で抱きすくめてきた。

文彦は顔中が柔らかな膨《ふく》らみに埋まり、心地よい窒息感に噎《む》せ返りながら夢中で吸い、もう片方の乳首も含んで舐め回した。

童貞の自分が、大人の女性を相手に行動するのは気恥ずかしかったが、彼女がうねうねと激しく身悶えはじめているので次第に積極的になり、彼は白く滑らかな肌を舐め降りていった。

形良い臍《へそ》を舐め、張り詰めた下腹から豊満な腰のライン、そしてムッチリした太腿《ふともも》に降りても、彼女はされるままじっとしていた。

女子の上履きを嗅いだこともあるし、彼にとって足は味わわないと気が済まない場所であった。

丸い膝小僧から脛《すね》を舌でたどると、まばらな体毛があり、これも興奮した。

美女のケアしていない状態に高ぶるのは、一種のギャップ萌《も》えなのだろう。

足首まで舐め降りて足裏に回り、踵《かかと》から土踏まずを舐めると、ゾクゾクするような悦《よろこ》びが湧き上がった。

「いい子ね、そんなところまで舐めたいのね……」

千歳が息を弾《はず》ませて言い、彼も形良く揃った指の間に鼻を押し付けて嗅いだ。

そこは生ぬるい汗と脂《あぶら》にジットリ湿り、ムレムレの匂いが濃厚に沁み付き、悩ましく鼻腔を刺激してきた。

文彦は美女の足の匂いに酔いしれ、充分に貪ってから爪先にしゃぶり付き、順々に指の股に舌を割り込ませて味わった。

もう片方の足も味と匂いを貪り尽くし、やがてスラリとした脚を大股開きにさせ、内側を舐め上げ、白く滑らかな内腿をたどり、熱気と湿り気の籠もる股間に迫っていった。

見ると、ふっくらした丘には黒々と艶《つや》のある恥毛が情熱的に濃く茂り、肉づきが良く丸みを帯びた割れ目からはピンクの花びらがはみ出し、すでにヌメヌメと大量の蜜に潤っていた。

女性器を初めて見る興奮に息を震わせながら、そっと指を当てて陰唇を左右にグイッと広げてみると、微かにクチュッと湿った音がして開かれ、中身が丸見えになった。

ヌメヌメと濡れた柔肉も綺麗なピンクで、膣口《ちつこう》は花弁状に襞《ひだ》を入り組ませて妖《あや》しく息づき、ポツンとした小さな尿道口もはっきり確認できた。

そして包皮の下からは、小指の先ほどもあるクリトリスが、ツヤツヤと真珠《しんじゅ》色の光沢を放ってツンと突き立っていた。

やはり裏ネットで見た女性器より、ナマの方が断然艶めかしく美しかった。

「アア……」

無垢な彼の熱い視線と息を股間に感じ、千歳が喘ぎながら白い下腹をヒクヒクと波打たせた。

そのまま文彦も、吸い寄せられるように顔を埋め込んでいった。

柔らかな恥毛に鼻を擦りつけて嗅ぐと、隅々には生ぬるく甘ったるい汗の匂いと、ほのかな残尿臭の刺激が混じり、濃厚に鼻腔を掻《か》き回してきた。

（ああ、これが美女のあそこの匂い……）

文彦は胸を満たしながら思い、舌を這わせていった。

陰唇の内側に挿《さ》し入れていくと、ヌルッとした淡い酸味の粘液が舌の動きを滑らかにさせた。

膣口の襞をクチュクチュ掻き回し、味わいながら滑らかな柔肉をたどり、クリトリスまで舐め上げていくと、

「あう……、いい気持ち……」

千歳がビクッと顔を仰《の》け反らせて呻《うめ》き、内腿でキュッときつく彼の両頬を挟み付けてきた。

やはりクリトリスが最も感じるようで、舌先で弾《はじ》くように刺激するたび、新たな愛液がトロトロと溢れ出てくるようだった。

文彦は味と匂いを貪り、さらに彼女の両脚を浮かせ、逆ハート型をした豊満な尻の谷間に鼻を埋め込んでいった。

ひんやりした双丘が顔中に密着し、可憐なピンクの蕾《つぼみ》に籠もった生々しい匂いが鼻腔を刺激してきた。やはり平安時代を想定し、シャワートイレなどは一切使っていないようだ。

彼は充分に嗅いでから舌を這わせ、細かに収縮する襞を濡らして、ヌルッと潜《もぐ》り込ませて滑らかな粘膜を探った。

「あう……」

千歳が呻き、キュッと肛門で彼の舌先をきつく締め付けてきた。

文彦が中で舌を蠢《うごめ》かせると、鼻先の割れ目からさらに大量の愛液が溢れてくるのが見えた。

彼は脚を下ろし、再び割れ目を舐め回してクリトリスに吸い付いた。

不思議なことに、千歳の体液を舐めて吸収するたび、力が漲《みなぎ》ってくる気がした。

それは、やはり彼女が不老不死の薬を舐めた岩笠の子孫だからかも知れない。

「も、もういいわ、いきそうよ……」

千歳が言い、彼の顔を股間から追い出した。

文彦が移動して再び添い寝すると、彼女が入れ替わりに身を起こして彼の股間に顔を寄せた。

「すごい勃《た》ってるわ……、何て綺麗な色……」

そっと指を這わせて完全に包皮を剝《む》き、クリッと露出した光沢ある亀頭を見つめて囁《ささや》いた。

「く……」

生まれて初めてペニスを女性に触れられ、文彦は今にも暴発しそうな高まりの中で懸命に奥歯を嚙《か》んで堪えた。

「舐めるけど、濡らすだけだから我慢してね」

千歳が言い、粘液の滲《にじ》む尿道口にヌラヌラと舌を這わせ、張り詰めた亀頭にもしゃぶり付いてきた。それでもあまり刺激しないよう気をつけ、ことさら多めに吐き出した唾液を塗り付ける感じだった。

「も、もう……」

文彦が腰をよじり、絶頂を迫らせて呻くと、千歳も舌を引っ込めてくれた。

「お口に出しても構わないのだけど、やはり最初は挿入感覚を味わって欲しいわ。どうせ続けて出来るでしょうから、最初は私が上でリードするわね」

彼女が言って身を起こし、前進してペニスに跨《また》がってきた。

（い、いよいよ初体験。まだキスも経験していないのに……）

文彦は仰向《あおむ》けのまま緊張して思い、千歳は唾液に濡れた先端に割れ目を押し当て、位置を定めるとゆっくり腰を沈めていった。

張り詰めた亀頭が潜り込むと、あとはヌルヌルッと滑らかに彼自身は根元まで呑み込まれてしまった。

「あう……」

肉襞の摩擦と温《ぬく》もり、ヌメリと締め付けに包まれながらも、文彦は懸命に奥歯を嚙んで暴発を堪えた。やはり、せっかくだから快感と感触を少しでも長く味わいたいのだった。

「アア……、いい気持ちよ……」

千歳も顔を仰け反らせて喘ぎ、巨乳を息づかせた。

完全に座り込み、密着した股間をグリグリと擦り付けて身を重ねてきたので、彼も両手を回してしがみつき、無意識に両膝を立てて豊かな尻を支えた。

「なるべく我慢するのよ」

すると上から千歳が顔を寄せて囁き、ピッタリと唇を重ねてきた。

文彦も柔らかな感触と唾液の湿り気を感じ、間近に迫る色白の顔が眩《まぶ》しくて薄目になった。

やがて彼女の長い舌が、ヌルッと侵入してきたのだった。

3

「ンン……」

千歳が熱く鼻を鳴らしてネットリと舌をからめ、文彦も生温かな唾液にまみれて滑らかに蠢く美女の舌を味わった。

そして彼女は徐々に股間を擦り付けるように、腰を動かしはじめた。

張りのある巨乳が彼の胸に押し付けられ、柔らかな恥毛が擦れ合い、コリコリする恥骨の膨らみも伝わってきた。

あまりの心地よさに、思わず文彦もズンズンと股間を突き上げはじめてしまった。

「アア……、いいわ、もっと強く突いて、奥まで何度も……」

千歳が唇を離して熱く喘ぎ、動きをリズミカルに合わせてきた。

彼女の口から吐き出される息は、熱く湿り気を含み、毒々しいほど甘い花粉のような匂いが含まれていた。

「い、いく……！」

美女の吐息で鼻腔を刺激された途端、もう我慢の限界で、とうとう文彦は昇り詰めてしまった。

大きな絶頂の快感に全身を貫かれ、同時に熱い大量のザーメンがドクンドクンと勢いよく内部にほとばしり、奥深い部分を直撃した。

「あう、熱いわ、感じる……、ああーッ……！」

噴出を受け止めた途端に、彼女のほうも声を上ずらせて喘ぎ、ガクガクと狂おしい痙攣《けいれん》を開始した。どうやらオルガスムスに達してしまったらしい。

膣内はザーメンを飲み込むように、キュッキュッときつく締まって収縮が最高潮になった。

溢れる愛液も彼の陰嚢《いんのう》を濡らし、肛門の方まで生温かく伝い流れてきた。

女性の絶頂とは、何と凄まじいものなのだろう。文彦は圧倒される思いで快感を嚙み締め、心置きなく最後の一滴まで出し尽くしていった。

すっかり満足しながら、徐々に突き上げを弱めて力を抜いていくと、

「ああ、気持ち良かったわ……」

千歳も満足げに言いながら肌の強《こわ》ばりを解き、グッタリと彼にもたれかかって体重を預けてきた。

まだ膣内は息づくような収縮が繰り返され、刺激されるたび射精直後で過敏になったペニスが内部でヒクヒクと跳ね上がった。

「あう、まだ暴れているわ。落ち着いたら、後でまたゆっくりして……」

千歳がキュッと締め付けて言い、彼は美女の甘く濃厚な吐息を嗅ぎながら、うっとりと快感の余韻を味わったのだった。

やがて呼吸を整えると、千歳が股間を引き離して身を起こし、ティッシュで優しくペニスを拭《ぬぐ》ってくれた。

自分の指以外で果てるのは初めてで、やはりオナニーの何百倍も心地よいものだった。そして、射精のあとに自分で虚《むな》しく拭かなくて済むことが、彼には何より幸せなことだと思った。

千歳は、自分の割れ目も拭いて処理すると、横になって添い寝してきた。

「どうだった？　私が初めてで嫌じゃなかった？」

「良かったです。本当に夢のようでした……」

言われて、文彦も天井を見つめながら答えた。

「他には何か気づいたことある？」

「何だか、すごく力が湧いてきた気がします……」

「そう、不老不死の力を持った子孫である私の体液を吸収したからだわ。草食系で何もしない男と違って、あなたがちゃんと割れ目まで舐めてくれたから」

千歳が言う。

「あの、千歳さんは何歳なんですか……」

「私は三十五歳。見た目と一緒でしょう」

彼女が答えた。最初は三十前後と思ったが、やはりだいぶ若作りのようだった。

「はあ、それでご先祖の岩笠は何歳まで生きたのですか」

「薬を飲んだわけじゃなく、少し舐めただけだから二百歳ほどだったわ」

それでも大変な長生きである。

「そして焼いた薬の灰も、子孫が少しずつ飲んでしまったので、もう無いの」

「千歳さんは？」

「最後に残った分を舐めたわ。すると、不老不死だけでなく、病気も怪我の回復も早く、まだ試していないけれど、銃弾も平気かも知れない」

「え……？」

「岩笠は、鎌倉へ来てからも戦乱に加わったけど、矢を受けても槍《やり》で刺されても、あっという間に傷が治って動き回れたというわ」

「そ、それはすごい……」

「さらには子孫も強《きょう》靭《じん》な体質を持っていて、昭和に入ってからは軍に頼まれた研究者が、死なない兵士を作る計画を立ち上げたの。それが月光《げっこう》機関。でも敗戦とともに消滅し、資料も焼かれた。しかし私の祖父が密《ひそ》かに引き継いだの。それがルナ機関」

「不老不死の薬って、何なのでしょうね……」

「桃色の粉末だと記録に残っているけど、多分薬品ではなく、月の世界の住人の体液を乾燥させたものじゃないかと、長いこと機関が研究を重ねたわ」

「体液……、人魚の肉とか、火の鳥の血みたいな……」

「そうね。そして、その薬からは強靭な身体をつくるだけでなく、月世界人の持っていた高度な知識も得られた。それで時を越える機械も完成したの」

千歳の言葉に、文彦は圧倒されつつ胸が躍った。素直に信じられるのは、すでに彼女の体液を吸収したからかも知れない。

「月世界人て、何なのです。月には誰も住んでいないと思うけど」

「月は乗物よ。遠くから来たエイリアンの」

「乗物？　月は、星じゃなく作られたものなのですか……」

「もちろん。太陽と月は、全く大きさが違うのに、地球から見てほぼ同じ大きさに見えるなんて偶然は絶対に有り得ないわ。だから月は人工物」

「じゃ、月の地下にはまだ何者かが住んでいる？　かぐや姫とか」

「有り得るわね」

千歳は言い、話を続けた。

かぐや姫が月へ帰ってから、岩笠は帝の命で不老不死の薬を持って京の都を発《た》ち、駿河国《するがのくに》の富士山まで来た。登山はあまりに過酷で、お付きの家来たちも次々に斃《たお》れ、もう四十代で、当時としては隠居の身だった岩笠が、たった一人残り、やっとの思いで登頂した。

その執念も、やはり帝の言いつけを守ろうという、熱烈な忠義の心から出たものだったのだろう。

そこで薬を焼くために火をおこしたが、このまま何もない山頂で死ぬのは忍びなく、せめて降りてどこかの寺で死にたいと願い、力が付くかも知れないと思って、薬をほんのひと舐めしたらしい。

しかし、あっという間に力が漲り、岩笠は体力を回復させ、焼いて灰になった薬も包んで持ち帰ることにした。

だが急に頑健になった肉体を見られ、こっそり舐めたことを知られたくない彼は、そのまま東の国へ逐電《ちくでん》することに決めた。すでに身寄りはないし、都の誰もが、岩笠は旅の途中で斃れたと思うことだろう。

そして相模国《さがみのくに》、鎌倉に来たら京そっくりな風水の地形を発見。

その山奥に庵《いおり》を建てて棲みつき、女を娶《めと》って子を生《な》した。

やがて都が鎌倉に移り、岩笠は多くの戦乱にも参加したが、自分の力は極力隠し、世の移り変わりから少し距離を置いて過ごした。

「かぐや姫が月に戻るとき、月世界の薬をひと舐めすると、急に翁との別れも悲しくなくなり、人の感情が薄れてしまったというから、きっと岩笠も、野心などは抱かなくなったのでしょうね」

千歳が言い、さらに話を続けた。

岩笠は、家族が病《やまい》や怪我をしたら薬の灰を使おうと思ったが、誰も怪我や病気にならず頑健に育った。

それでも少しずつ、その灰を料理に入れ、おかげで子孫の誰もが長生きをしたらしい。そして世の中も移り変わっていき、明治になり、月野家の息子も戦争に駆り出されるようになったが、誰一人戦死することなく無事に帰ってきた。

やがて昭和の戦争で、月野家の者があっという間に傷が治ることに気づいた軍医が、彼とともに日本に帰って本格的な研究を開始し、月光機関を立ち上げた。

「しかし、月野家の人の血を他の人に輸血しても、全く体質は変わらなかったの。変わるのは、男女のセックスによる体液だけ」

「そ、そうなのですか……」

「私の想像だけれど、不老不死の薬だという桃色の粉末は、月世界人の男女の、ザーメンと経血の混合液を乾燥させたものじゃないかしら」

なるほど、それなら混ぜて桃色になる。

「そこで機関の研究のため、さらに強力な血筋が必要になった。それが、かぐや姫と地球人の男により出来た子供」

「そ、その相手が、僕……」

「そう、生まれた地域や性格、体質、家系、全て調べて選ばれたのが君」

「せ、千年前に戻って、言葉が通じるんでしょうか……」

「最後の灰を舐めた私の体液を、もっとより多く吸収すれば、能力が増大して、相手の言葉が理解できるよう脳内変換できるわ」

「千歳さんも一緒ですか？」

「もちろんよ。かぐや姫の生んだ子を現代に連れて帰るのだから」

彼女が言うと、文彦も安心した。たった一人で千年前の世界に行かされたら不安で仕方がない。

そして裸で添い寝して話しているうち、彼はムクムクと回復してしまった。

4

「また勃ってきたわね。頼もしいわ」

千歳が気づいて言い、文彦も、もう一回しなければ治まらないほど高まってきてしまった。

「一度シャワー浴びましょう。もう濃い匂いが大丈夫というのも分かったし、千年前に戻ったら、もう浴びられないのだから」

彼女が言ってベッドを降りたので、文彦も従った。

奥にあるバスルームに入ってシャワーを浴び、湯に濡れて上気したグラマーな肌を見ているうち、もうどうにも堪らずピンピンに勃起してしまった。

「ね、こうして」

文彦はバスルームの床に座ったまま、目の前に千歳を立たせた。そして片方の足を浮かせ、バスタブのふちに乗せさせ、開いた股間に顔を埋め込んだ。

もう濃厚だった体臭は薄れてしまったが、舐めると新たな愛液が溢れ、淡い酸味のヌメリが舌の動きを滑らかにさせた。

「アア……、いい気持ちよ。いっぱい舐めなさい……」

千歳も文彦の頭に両手を乗せて喘ぎ、ことさらに股間を彼の顔に突き出してきた。

「ね、オシッコしてみて……」

文彦は興奮を高めながら、恥ずかしい要求をしてみた。あるいは彼女から吸収した体液の力で、積極的になっているのかも知れない。

「飲んでみる？　もっと効果があるかも知れないわね」

千歳は驚きもせず答え、下腹に力を入れて尿意を高めはじめてくれた。

舐めていると、たちまち割れ目内部の柔肉が迫《せ》り出すように盛り上がり、味わいと温もりが急に変化してきた。

「あう、出るわ……」

千歳が息を詰めて言うなり、熱い流れがチョロチョロとほとばしってきた。

それを口に受けると、思った以上に味と匂いは淡く清らかなもので、彼は抵抗なく喉に流し込むことが出来た。

それでも勢いがつくと口から溢れた分が温かく胸から腹に伝い流れ、勃起したペニスが心地よく浸された。

ピークを過ぎると急に勢いが衰え、やがて流れは治まってしまった。

文彦は残り香の中で余りの雫《しずく》をすすり、割れ目内部を舐め回した。

「ああ、感じるわ。じゃ続きはベッドでね……」

千歳も息を弾ませて言い、足を下ろしてしゃがみ込んだ。そしてもう一度二人でシャワーを浴び、身体を拭いて全裸のままベッドに戻った。

また千歳が腕枕してくれ、彼の勃起したペニスを微妙なタッチでいじりながら唇を重ねてきた。

文彦は舌をからめ、甘く濃厚な息を嗅ぎながら、彼女の手のひらの中でヒクヒクと幹を震わせた。さっき出したばかりなので、もう少々のことで暴発する心配もなさそうだった。

「もっと唾《つば》を出して」

囁くと、千歳もことさら多めに唾液を分泌させ、口移しにトロトロと注ぎ込んでくれた。小泡の多い生温かな粘液をたっぷりと味わい、彼は飲み込んでうっとりと喉を潤した。

やがて唇を離すと、千歳は彼の股間に移動し、大股開きにさせて真ん中に腹這い、顔を寄せてきた。

そして彼の両脚を浮かせると、まず尻の谷間を舐めてくれたのだ。

かぐや姫はこんなことしてくれないだろうから、これから大プロジェクトに従事する彼へのサービスなのかも知れない。

チロチロと肛門が舐められ、ヌルッと潜り込むと、

「あう……」

文彦は快感に呻き、美女の舌先をモグモグと味わうように肛門で締め付けた。

彼女の熱い鼻息で陰嚢をくすぐり、内部で充分に舌を蠢かせてくれた。

まるで内側から舌で刺激されるように、勃起したペニスがヒクヒクと上下した。

やがて千歳は彼の脚を下ろし、そのまま陰嚢にしゃぶり付いてきた。

二つの睾丸《こうがん》を舌で転がし、熱い息を股間に籠もらせながら袋全体を生温かな唾液にまみれさせた。

「ああ……」

ここも実に妖しい快感があって彼は喘いだ。

そしていよいよ舌先が肉棒の裏側を滑らかに這い上がり、先端を舐め、張り詰めた亀頭をしゃぶり、スッポリと根元まで呑み込んできた。

温かく濡れた美女の口腔に深々と含まれ、彼は唾液に濡れたペニスを震わせて快感を味わった。

もし一度放出していなかったら、あっという間に漏《も》らしていたことだろう。

「ンン……」

千歳は喉の奥まで呑み込んで小さく呻き、熱い鼻息で恥毛をそよがせながら、幹を丸く締め付けて吸った。

口の中ではクチュクチュと舌がからみつき、さらに彼女は顔を小刻みに上下させ、濡れた口でスポスポと強烈な摩擦を繰り返してくれたのだった。

「も、もう……」

さすがに充分すぎるほど高まると、文彦は降参するように声を洩《も》らした。

すると千歳もスポンと口を引き離し、添い寝してきた。

「さあ、今度は上になって入れなさい。かぐや姫も、どんな体位を求めるか分からないのだから」

彼女が仰向けになって言い、文彦も身を起こし、開かれた股間に身を割り込ませていった。

濡れた割れ目に先端を押し付け、擦りつけながら位置を探ると、

「もう少し下……、そう、そこよ。来て……」

千歳も僅かに腰を浮かせて誘導してくれ、彼はグイッと股間を進めていった。

張り詰めた亀頭が潜り込むと、あとはヌルヌルッと滑らかに根元まで吸い込まれ、互いの股間が密着した。

「あう、いいわ、上手よ……」

千歳が顔を仰け反らせて言い、両手を回して彼を抱き寄せた。

文彦も両脚を伸ばし、ゆっくり身を重ねていくと、胸の下で巨乳が押し潰れて心地よく弾んだ。

「突いて、腰を前後に……」

熱く甘い息で囁かれ、彼もぎこちなく腰を突き動かしはじめた。

すると肉襞の摩擦が心地よく幹を包み、溢れる愛液が動きを滑らかにさせた。

次第にリズミカルに動けるようになると、千歳も下から股間を突き上げて合わせ、クチュクチュと淫らに湿った摩擦音も聞こえてきた。

揺れてぶつかる陰嚢も愛液に生温かく濡れ、次第に彼は勢いが止められなくなってしまった。

そして彼女の喘ぐ口に鼻を押し込み、濃厚な花粉臭の息を嗅いで鼻腔を刺激されるうち、たちまち二度目の絶頂を迎えてしまった。

「く……！」

突き上がる快感に呻き、ありったけの熱いザーメンをドクンドクンと勢いよく注入すると、

「い、いく……、アアーッ……！」

噴出を感じた途端、千歳もオルガスムスのスイッチが入って声を上ずらせ、彼を乗

せたままブリッジするようにガクガクと狂おしく腰を跳ね上げた。

文彦は暴れ馬にしがみつく思いで股間を合わせ、心ゆくまで快感を嚙み締めた。

そして最後の一滴まで出しきると、満足しながら動きを弱め、彼女に体重を預けていった。

「ああ、良かったわ。すごく上手よ……」

千歳も満足げに声を洩らし、肌の硬直をグッタリと解いて四肢を投げ出した。

文彦も柔肌にもたれかかり、まだ収縮する膣内でヒクヒクと幹を震わせ、彼女の甘い息を嗅ぎながら、うっとりと余韻を味わったのだった。

5

「さあ、じゃ当時の衣装に着替えましょう」

再びシャワーを浴びた千歳が言い、文彦も全裸の上から褌《ふんどし》を着けた。六尺だと締め方が分からないが、越中褌《えっちゅう》のT字帯だから簡単である。

そして襦袢《じゅばん》に足袋《たび》に草鞋《わらじ》、着物を着て帯を締めた。

女性と違って男はそれほど面倒ではないが、かぐや姫に会えるぐらいの身分がないといけないので、生地は良いものらしい。

髷《まげ》は仕方がないので、長く寺男《てらおとこ》をしていたことにし、小さな烏帽子《えぼし》を被った。

貴族の衣装ではないが、かぐや姫だって元々は貧しい翁と媼《おうな》に育てられたのだから抵抗はないだろう。

千歳は、侍女の衣装を手早く身にまとい、スーツとはまた違った魅力を醸し出していた。

「現代の持ち物は、何も持っていけないのかな」

「ええ、一切無理ね。歴史が変わってしまうから、早く向こうの食べ物にも慣れることだわ」

「そうですね……」

「でも、これだけは現代のものを持っていくわ」

千歳は言い、一つの品を出して見せた。

「かぐや姫が、五人の貴族に望んだ品物は覚えている？」

「仏の御石の鉢に蓬莱《はす》の玉の枝、火鼠《ひねずみ》の皮衣《かわごろも》、龍の首の玉に燕《つばめ》の子安貝、だったかな」

「そう、全部は無理だけど、火鼠の皮衣。これだけ土産《みやげ》に持っていくわ」

「火鼠って何だろう。サラマンドラなら火トカゲというけど」

「火鼠という架空の生き物の皮で作った、火に燃えない布」

「これがそうなんですか」

文彦は、畳まれた布を見て言った。

「現代の化学繊維で出来ている防火シートよ」

「わあ、確かに燃えないけど、月世界人を騙《だま》せるのかな」

「あとは、君の魅力が全て。何しろ、私の体液を吸収しているのだから、彼女が見れば、きっと他の男と違う何かを感じるはずよ」

千歳が言う。

火鼠の皮衣を依頼された貴族は右大臣、阿倍御主人《あべのみうし》という男である。婿《むこ》になる気を満々にして唐から取り寄せた立派な布を献上したが、たちまち燃えてしまい、すごすごと帰ったとある。

「では行きましょう。すでに、その時代の京にセットされているので」

千歳に促され、文彦も恐る恐る透明なドーム型のタイムマシンに乗り込んだ。

今までの非現実的な話が、この機械で現実のものになるのである。

中は二人でいっぱいの、昔のヘリコプターのコックピットのようだ。

いや、実際ヘリそのものを流用したのかも知れず、二脚の椅子が並び、正面に複雑な機器が並んでいた。

月世界人の知識を駆使して、鎌倉から京へ行くというので、時間と空間の両方を飛ぶらしい。

「地下から飛んだら、向こうの地中に行っちゃうんじゃないかな」

「大丈夫。何もかも計算済みよ。じゃ行くわ」

ドアを閉めた千歳が言い、目の前の機械を操作した。

あるいは何度か試運転をして、彼女は行き来し、あちらの人とも徐々に交流しているのかも知れない。

すると微かな振動が起こりはじめ、透明なドームから見える研究室の景色が薄らいで、たちまち暗くなっていった。

(本当に行けるのかな……)

今朝までごく平凡な高校生だったのに、まさかクラスの誰も、いま文彦がタイムマシンに乗って千年前に行くなど夢にも思っていないだろう。

しかし彼の心に恐れが湧かないのは、すでに千歳の体液による影響を受けているからに違いなかった。

やがて真っ暗になった視界が徐々に明るくなり、周囲は緑一面になって振動が止んだ。ものの一分もかかっていないが、時計は置いてきたので分からない。

「着いたわ。降りましょう」

千歳がドアを開けて言い、文彦も恐る恐る草深い山の中に降りた。

「ここは……？」

「かぐや姫の屋敷のある裏山。誰も入ってこないので見つからないでしょう」

千歳が言い、彼を促して山を下りていった。

空気が実に澄んで冷たく、空は抜けるように青かった。実に静かで、聞こえるのは鳥や虫の声だけ。見えるものは緑ばかりだったが、やがて降りていくと立派な建物の裏手に出た。

塀を迂回して門に行き、千歳が訪《おとな》いの声をかけた。

すぐに若い侍女が出てきて、笑みを浮かべた。

顔立ちは、それほど現代人と変わらないが、スッピンに引っ詰めた髪がワイルドな魅力を漂わせていた。

「千歳様。先日は、珍しい果物を有難《ありがと》うございました。姫様もたいそうお喜びでしたが、そちらは」

彼女が、文彦を見て言う。言葉遣《づか》いもごく普通に理解できるので、脳内変換されているようだ。さらに、こちらも普通に話せば通じるみたいだ。

「加賀の文彦様と言い、うちの菩提寺で寺男をしていましたが、家に代々伝わる珍しいものを姫様にお持ちしました」

「まあ、何と見目麗《みめうるわ》しいお方……。とにかく中へ」

彼を見つめた侍女が熱っぽい憧れの眼差《まなざ》しで言い、二人を中に案内してくれた。

すると急いで入った侍女が伝え、翁と媼が出てきた。

文彦は辞儀をしながら彼らを見た。立派な衣装を身にまとった七十代ぐらいの夫婦だが、実際は六十代かも知れず、二人とも柔和な顔立ちをしていた。

(これが、竹取の翁……)

「おお、千歳様か。いつも珍しいものを忝《かたじけな》い」

「はい、こちらは知り合いで加賀の文彦様。珍しいものを持っていたのでご案内を」

「ほう、過日も五人の方々が、それぞれ珍しいものを持ってきましたが、姫の意に沿わず打ち沈んで帰ってゆきましたが、いったい何を」

「火鼠の皮衣です」

「それは、右大臣様がお持ちになりましたが、あえなく焼けてしまいましたが」

「これは本物ですので」

「では、とにかく姫に目通りを」

翁は言い、千歳と文彦も屋敷に招き入れられた。

かぐや姫が入っていた黄金の竹を売って建てたという屋敷は豪華で、庭には池や築山もあった。

しばらく座敷で待たされた後、姫が奥からしずしずと現れた。

十二単《じゅうにひとえ》を身にまとい、黒髪の長いかぐや姫は、何とも美しく整った顔立ちをしているではないか。

この時代だから、絵巻物のように下ぶくれで、少々太った女性かと思っていたが、現代人の美女と変わりなかった。それでも眉毛を抜いて黛《まゆずみ》を塗り、紅《べに》を差した顔はまさにイメージ通りのかぐや姫であった。

いや、これも体液の効果で脳内変換されているのかも知れないが、文彦は素直に彼女の美貌に見惚《みと》れた。

「千歳様、お久しゅう」

「姫様もご機嫌よろしゅう。これは文彦様と言い、家に伝わる火鼠の皮衣を献上に参りました」

千歳が言い、文彦は頭を下げ、懐中に用意してきた防火シートを出した。

かぐや姫は、やはり他の人とは違う何かを感じたように彼を見つめた。

「ならば爺、火を庭へ」

「ああ、やはりお焼きになりますか。このまま、こちらの見目麗しい若者と添い遂げればよろしいものを」

いつまでも独り身でいるかぐや姫を案じ、翁は言ったが、すぐに厨《くりや》の方へと引っ込んだ。そして間もなく、竈《かまど》から持ってきたらしい火の点いた薪《まき》を庭に運んできたのだった。

「どうぞ、ご遠慮のうお焼き下さいませ」

千歳が言うと、翁も布を受け取り、皆の見ている前で火に挿し入れた。

すると炎が布を包み込んだが、それは一向に燃え上がらず、いくら待っても同じであった。

「おお、これは真の……」

翁が驚き、見ていた嫗もかぐや姫も息を呑んでいた。

かぐや姫も、まだ月世界人の記憶は戻っていないのかも知れない。

やがて薪の火が燃え尽きても、布はそのままで、翁が箸《はし》でつまみ上げ、僅かに付いた煤《すす》を払うと、それは完全に元のままになった。

「どうやら、本物のようですね」

かぐや姫も言い、まだ温もりの残る布を受け取り、広げて見回した。

「初めて見ました。また、本当にあるものというのが分かり嬉しいです。どうか、今宵《こよい》はごゆるりと」

かぐや姫が言うので、翁も媼もたいそう喜び、すぐにも侍女に命じて宴《うたげ》の仕度をさせた。

「ああ、これほど嬉しいことがあろうか。これで、姫もようやく婿をもらうか」

翁が言い、文彦は、今宵かぐや姫が抱けると思うと、早くも股間が疼いてきてしまった。何しろ、地球人で初めて彼女と交われるのである。

やがて明るいうちから宴席となり、文彦も酒は一口なめただけで、料理に手を付けた。野菜の煮物に川魚の干物、おひたしに吸物だが、口に合わないものは何もなく、むしろ全てが新鮮で旨かった。

かぐや姫は、見た目は二十歳《はたち》ぐらい。終始物静かだが、笑みを洩らすこともあり、まさに輝くような美貌に文彦の期待はますます高まった。

そして日が傾く頃に宴席はお開きとなり、文彦は奥の寝所へと招かれた。

もちろん翁と媼、千歳と侍女たちは別室に引っ込んで休み、もう誰も邪魔するものはなくなった。

寝所にいくつかある燭台《しょくだい》に火が灯《とも》り、中央には豪華な布団が敷かれていた。

「まさか、私と情を交わす方が現れるとは思ってもいませんでした。どうか、ご存分に……」

かぐや姫が言い、十二単を脱いでゆき、みるみる襦袢一枚になって横たわった。

文彦も、緊張と興奮に包まれながら帯を解き、着物と下帯を脱ぎ去って添い寝していったのだった。

第二章　輝く柔肌に大量の蜜汁

1

「ああ、何と美しい……」

文彦は、仰向けになったかぐや姫の襦袢を左右に広げ、その肉体を見つめながら感嘆の声を洩らした。

千歳も美しかったが、かぐや姫の肌は透けるように白く、乳房も実に形良く息づいていた。股間の茂みも程よい範囲で、何しろ生ぬるく甘ったるい匂いが肌から立ち昇っていた。

月世界人でも、構造は全く人と同じなのだろうか。

彼は吸い寄せられるように、薄桃色の乳首にチュッと吸い付いていった。

「ああ……」

かぐや姫が、小さく喘いだ。別の世界でのことは分からないが、地球では生娘《きむすめ》には違いない。話では、何やら罪を犯し、この穢《けが》れた地球に追いやられて償い、間もなく刑期を終えて迎えが来るということだが、いったい何をしたのか、ここでは彼女も記憶が無いのだろう。

文彦は乳首を舌で転がしながら柔らかな膨らみに顔中を押し当てて感触を味わい、もう片方も含んで舐め回した。

充分に味わうと、さらに彼女の腕を差し上げて腋の下にも鼻を埋め込んだ。

淡い和毛《にこげ》が煙り、千歳に感じたような濃厚に甘ったるい汗の匂いが鼻腔を刺激してきた。

もちろん不快ではなく、その刺激が胸に沁み込み、ペニスにまで伝わっていった。

胸いっぱいに嗅いで舌を這わせてから、文彦は剝き卵のように滑らかな肌を舐め降り、腹部に顔を埋めて弾力を味わった。

人でなくても、ちゃんと形良い臍があり、彼は豊満な腰から太腿、脚を舐め降りていった。

どこもスベスベの肌触りで、脛も千歳のような体毛はなかった。

それにしても、まさか自分が、歴史上の人物、いや、おとぎ話の人物と肌を交わしているなど、昨日までは想像もつかないことであった。

足首まで下り、綺麗な足裏を舐め、形良く揃った指の股にも鼻を割り込ませて嗅ぐと、やはりそこは汗と脂に湿り、蒸れた匂いが濃く沁み付いていた。

文彦は超美女の足の匂いを貪り、爪先をしゃぶり、両足とも全ての指の間を舐めて味と匂いを堪能した。

そして股を開かせ、脚の内側を舐め上げながら、白くムッチリした内腿をたどり、いよいよ股間に顔を迫らせていった。

かぐや姫も、仰向けのまま目を閉じ、じっとされるままになっている。

近づいて割れ目を見ると、ふっくらした丘には柔らかそうな恥毛が煙り、割れ目からはみ出した陰唇はしっとりと露《つゆ》を宿していた。

こんなに濡れるのなら性欲もあるだろうに、それなりに地位のある貴公子と交わればよかったと思うのだが、彼女はしなかったのだから、やはり文彦が好みだったのかも知れない。

そっと指で陰唇を広げると、中は綺麗なピンクの柔肉。処女の膣口が花弁状の襞を入り組ませ、小さな尿道口と、ツンと突き立ったクリトリスも見えた。

まだ彼も女性は千歳一人しか知らないが、見る限り、かぐや姫も普通の人と同じ構造のようだった。

文彦は顔を埋め込み、茂みに鼻を擦りつけて嗅いだ。隅々には、甘ったるい汗とほのかな残尿臭、そして処女特有の恥垢《ちこう》か、淡いチーズ臭も混じって悩ましく鼻腔を刺激してきた。

嗅ぎながら舌を這わせると、やはり千歳に感じたのと同じ、淡い酸味のヌメリが満ち、彼は膣口の襞をクチュクチュ掻き回し、ゆっくり味わいながらクリトリスまで舐め上げていった。

「アアッ……!」

かぐや姫がビクッと顔を仰け反らせて熱く喘ぎ、内腿でキュッときつく彼の両頬を挟み付けてきた。

やはり、かぐや姫の分泌する生温かな愛液を舐めると、千歳のとき以上に強い力が身の内に沁み込んでくるのを感じた。

文彦はチロチロと舌を這わせながら味と匂いを貪り、さらに彼女の両脚を浮かせ、白く豊かな尻の谷間にも鼻を埋め込んでいった。

ピンクの蕾は綺麗な襞が細かく揃い、キュッと閉じられていた。

嗅ぐと秘めやかな微香が籠もって胸に沁み込み、彼は舌を這わせて濡らし、ヌルッと潜り込ませて滑らかな粘膜を探った。

「く……」

かぐや姫は息を詰めて呻き、キュッと肛門で舌先を締め付けてきた。

やはり反応も、千歳とそう変わりないようだ。

文彦は興奮しながらも、心の片隅の冷静な部分で月世界人の反応を観察し、やがて前も後ろも存分に舐めてから、ようやく股間から離れたのだった。

「御無礼いたしました。大事ありませんか」

文彦は、なるべく古風な言葉を使い、息を弾ませているかぐや姫に囁いた。

そして彼女の手を取ってペニスに導くと、彼女も手のひらにやんわりと包み込み、探るようにニギニギと動かしてくれた。

「ああ、気持ちいい……」

文彦が仰向けになって喘ぐと、彼女も好奇心を湧かせたように身を起こし、顔を移動させていった。

そしてペニスに熱い視線を注ぎながら、ひんやりした長い黒髪で彼の股間をサラリと覆い、内部に熱い息を籠もらせた。

「不思議な形……」

かぐや姫が呟き、幹や亀頭を撫で、陰嚢も探ってきた。

「私は舐められて、たいそう心地よかったので、お舐めすれば、きっと文彦様も心地よくなるのですね」

彼女が言い、ためらいなくチロリと舌を伸ばし、肉棒の裏側を舐め上げてきた。

「く……」

まさか舐めてもらえるとは思わず、彼はゾクゾクする快感に呻いて暴発を堪えた。

かぐや姫は先端まで舐め上げると、粘液が滲んでいるのも厭わず尿道口をチロチロと舐め回し、張り詰めた亀頭もしゃぶってくれた。

さらに、彼がせがむように幹をヒクヒクさせると、彼女は丸く開いた口でスッポリと呑み込み、幹を締め付けて吸い、口の中ではクチュクチュと舌をからませてくれたのだった。

たちまち彼自身は、生温かく清らかな唾液にまみれて絶頂を迫らせた。

「い、いきそう……、入れたいです……」

文彦が言うと、かぐや姫はチュパッと口を離して顔を上げた。

「どのようにすれば」

「上から跨いで、入れてみてください……」

訊かれたので文彦が答えると、彼女もすぐに前進して彼の股間に跨がってきた。

そして先端に、濡れた割れ目を押し付け、ゆっくりと腰を沈めて膣口に受け入れていったのだ。

張り詰めた亀頭が潜り込むと、あとは重みとヌメリに助けられて、ヌルヌルッと滑らかに根元まで嵌まり込んでいった。

「アアッ……！」

かぐや姫が微かに眉をひそめて喘ぎ、それでも完全に座り込んで股間同士を密着させた。

文彦も、熱いほどの温もりときつい締め付け、充分な潤いと肉襞の摩擦に包まれながら快感と感激を嚙み締めた。そして両手を伸ばして抱き寄せると、彼女もゆっくり身を重ねてきた。

彼は下から唇を重ね、舌を挿し入れて蠢かせた。

「ンン……」

かぐや姫も小さく呻き、チロチロと舌をからませてくれた。彼女の舌は生温かな唾液に濡れ、心地よく滑らかに動いた。

「もっと唾を出してください……」

囁くと、彼女もトロトロと生温かく小泡の多い唾液を口移しに注ぎ込んでくれた。

彼はうっとりと味わい、喉を潤して甘美な悦びに包まれた。

不老不死の要素を含んだ愛液と唾液を吸収すると、さらに彼の身の内に絶大な力が漲ってきた。

文彦は酔いしれながら、ズンズンと股間を突き上げはじめていった。

2

「ああ……、奥に、響きます……」

かぐや姫が熱く喘ぎ、キュッキュッと味わうように締め付けてきた。

文彦は、彼女の開いた口に鼻を押し付け、熱く湿り気ある息を嗅いだ。それは濃厚に甘酸っぱい果実臭で、悩ましく鼻腔を刺激してきた。

突き上げを繰り返すうち、大量に溢れる愛液で動きが滑らかになり、ピチャクチャと淫らな摩擦音が響き、互いの股間がビショビショになった。

やがて突き上げに合わせ、彼女も腰を遣いはじめた。

どうやら破瓜《はか》の痛みなどはなく、彼女も感じているように熱く息を弾ませ、クネクネと身悶えはじめていた。

文彦も激しく高まりながら、心地よい摩擦と美女の吐息に酔いしれた。

「アアッ……！」

たちまち、かぐや姫が声を上ずらせ、ガクガクと狂おしく肌を震わせながらピッタリと唇を重ねてきた。どうやらオルガスムスに達してしまったようで、彼もまた収縮に巻き込まれ、大きな快感とともに昇り詰めてしまった。

その瞬間、文彦の頭の中に、かぐや姫の想念らしきものが怒濤《どとう》のように流れ込んできた。

（う……！）

文彦は、ドクドクと勢いよく射精しながら、見知らぬ世界の風景を見つめていた。

高い建物が林立し、道を歩く人は銀色の衣装。姿形は人間とほぼ同じだが、長身で手足は細く、明らかに地球の生き物ではなさそうだ。

これが、月世界人の本来の姿であり、彼女の母星の風景なのかも知れない。

月は乗物らしいから、実際の母星は遠い宇宙の果てなのだろう。

やがて文彦がザーメンを出し尽くすと、脳裏に広がるその風景も薄らいでいった。

そして風景が消え失せる寸前、かぐや姫が禁断の相手と性行為を犯したという罪の記憶が伝わってきた。

相手は高貴な人らしく、それで彼女は罰として地球へ追いやられたのだろう。

やがて元の寝所の光景に戻り、すっかり満足した文彦は突き上げを止めてグッタリと力を抜いた。

すると、かぐや姫も肌の強ばりを解き、彼に体重を預けて荒い息遣いを繰り返していた。

まだ膣内は収縮を繰り返し、刺激されたペニスがヒクヒクと過敏に震えた。

そして文彦は、かぐや姫の吐き出す濃厚に甘酸っぱい息を嗅ぎながら、うっとりと快感の余韻を味わったのだった。

「ああ、宙に舞うように心地よかった……」

彼女が言い、名残惜しげにペニスをキュッと締め付けた。

やがて呼吸を整えると、かぐや姫はそろそろと股間を引き離し、ゴロリと横になって添い寝した。

文彦は身を起こし、処理をしようと枕元を見たが懐紙はなかった。

しかし、ペニスのヌメリは全て吸い取られたように乾いていた。

地球人ではないとはいえ、処女を失ったばかりの彼女の股間を覗き込んでみたが、出血どころか愛液も乾き、逆流するザーメンも見当たらなかった。

どうやら互いに体液を吸収し合ってしまったらしい。

「痛くなかったようですね」

「ええ、どうやらしっかり孕《はら》んだようです」

「え……」

かぐや姫に言われ、文彦は驚いた。やはり通常の人とは違うので、受精したことが分かるようだった。

「そろそろお迎えが来るようですが、産まれる子は置いていって構わないのですか」

「ええ、もとより、この世の血を引いたものは連れて行けませんので」

彼女が答え、どうやら千歳の思惑通りになるようだった。

文彦は再び添い寝し、彼女の滑らかな下腹を撫でた。

(この中に、自分の子が……)

そうは思ったが、何しろまだ高校生なので実感は湧かなかった。

そして肌を密着させているうち、またすぐにも彼はムクムクと回復し、もう一回射精しなければ治まらないほどになってしまった。

「どうか、私の顔に跨がってください」

文彦は仰向けになって言い、かぐや姫の下半身を顔に引き寄せた。

彼女も素直に従い、顔に跨がり和式トイレスタイルでしゃがみ込んでくれた。

下から腰を抱き寄せ、恥毛に鼻を埋め名残惜しげに濃厚な匂いを貪った。舌を這わせたが、もう役目を終えたせいか、あまり愛液は溢れてこなかった。

「オシッコしてください……」

文彦は、さらに大きな力を欲してせがんだ。

バスルームではないが、貴重なかぐや姫の出したものなら一滴余さず飲み込んでみたかった。

「おしっこ？　ゆまりのことですか」

かぐや姫が、無心な顔で小首を傾《かし》げて言った。

そう、確か江戸時代ではゆばりと言ったが、古事記などには、ゆまりと記述されていた。まろやかな湯といった、心地よい響きの言葉である。

「そうです、お願いします」

真下から文彦が言うと、彼女もすぐに息を詰めて下腹に力を込め、尿意を高めはじめてくれた。

割れ目に口を当てて内部を舐め回していると、やがて温かな流れがチョロチョロとか細くほとばしってきた。

「ク……」

文彦は噎せないよう気をつけながら受け止め、喉に流し込んでいった。味も匂いも千歳と同じように淡く抵抗のないものだった。

これで、かぐや姫の唾液と愛液、小水まで体内に取り入れてしまったのだ。

飲む込むたび、大いなる力が身の内に行き渡り、甘美な悦びで彼はピンピンに勃起し、完全に元の硬さと大きさを取り戻してしまった。

「ああ……」

かぐや姫は放尿しながら小さく喘ぎ、やがて少しだけ勢いが増したものの、すぐに治まってしまった。

文彦は一滴残らず飲み干し、余りの雫をすすりながら割れ目を舐め回した。

妊娠中の小水は精力剤になると聞いたことがあるが、まして孕んだかぐや姫のものなら、さらに強力なパワーを秘めていることだろう。

ようやく舌で割れ目を綺麗にすると、また彼は添い寝した。

「ね、もう一度したいのですけれど……」

「もう孕んだので無理です。でも、この星の名残に子種を飲んでみたいです」

かぐや姫が言い、彼の股間に顔を移動させていった。

そして屹立《きつりつ》した先端に舌を這わせ、張り詰めた亀頭を含んで根元までスッポリと呑み込んだ。

「ああ……」

文彦は快感に喘ぎ、ズンズンと股間を突き上げはじめてしまった。

まさか、かぐや姫に飲んでもらえるなど思いもしなかったのだ。

「ンン……」

彼女も喉の奥まで含んで熱く鼻を鳴らし、舌をからめながら顔を上下させ、スポスポと濡れた口で摩擦してくれた。

高まりながら、本当に美女の口に出して良いのだろうかと思ったが、たちまち文彦はかぐや姫の口の中で昇り詰めてしまった。

「アア……、い、いく……！」

口走りながら大きな快感に包み込まれ、彼はありったけの熱いザーメンをドクンドクンと勢いよくほとばしらせてしまった。

「ク……」

噴出を喉の奥に受け、かぐや姫は小さく呻いたが、なおも舌の蠢きと摩擦は続行してくれた。

文彦は心置きなく最後の一滴まで出し尽くし、今度こそすっかり満足しながらグッタリと身を投げ出した。

もう出なくなると、彼女も摩擦を止め、亀頭を含んだまま口に溜《た》まったザーメンをゴクリと一息に飲み干してくれた。

「あう……」

嚥下《えんげ》と同時に口腔がキュッと締まり、彼は駄目押しの快感に呻いて、思わず腰を浮かせた。

ようやくかぐや姫もスポンと口を引き離し、なおも余りをしごくように幹を握って動かし、尿道口に脹《ふく》らむ白濁の雫まで丁寧に舐め取ってくれた。

「ど、どうか、もう……、有難うございました……」

文彦は過敏に反応して言い、降参するようにクネクネと腰をよじった。

かぐや姫も舌を引っ込め、チロリと舌なめずりしながら再び添い寝してきた。

彼は腕枕してもらい、彼女の胸に抱かれ、かぐわしく濃厚な吐息を嗅ぎながら、うっとりと余韻を噛み締めたのだった。

とにかく孕んだというのなら、これで文彦の役目も終わったということだ。

「いつ頃、月からの迎えが来るのですか」

「もう間もなくです」

「悲しいですね。お二人ともあんなに喜んでいたのに、結局婿は取らず、一人で月へ帰ってしまうなんて」

「それを思うと気が塞ぎます……」

かぐや姫は答え、文彦も名残惜しげに肌を密着させたのだった。

3

「月世界人の成長は、恐らく人の百倍のスピードだわ」

翌日、千歳が文彦に言った。

山中のタイムマシンの前で、目の前には敷かれた毛氈《もうせん》でかぐや姫が眠っていた。その腹も、徐々に膨らんでいるようだ。

千歳と文彦は翁と媼に言い、文彦の親に挨拶をしにいくので、かぐや姫を二日三日ほど外へ連れ出したいと申し出たのである。

二人も快諾し、送り出してくれた。

もちろん千歳と文彦はかぐや姫を遠出させることはなく、裏山に来て出産まで過ごすつもりだった。

「百倍？」

「ええ、かぐや姫を竹の中から取り出して、二十歳ぐらいまでに成長するのに三ヶ月足らずだったと言うわ。だから、人なら着床から出産まで約十ヶ月かかるところを、三日以内に終えてしまうでしょう」

千歳が言い、かぐや姫の出産を待ちわびているようだった。

「それにしても、見違えるようだわ」

千歳が、文彦を見て言った。

「そうですか？　体調は良いけど、特に筋肉が付いたわけじゃないのに」

「スーパーヒーローのようなオーラを醸し出しているわ。ちょっと脱いでみて」

言われて、文彦は着物を脱いで全裸になった。胸も腹も筋肉はなく、以前と同じ体型である。

と、いきなり千歳が彼の肌に爪を立てて引っ掻いた。

「あ……」

「痛い？」

「いえ、感じるだけで、特に痛くないです」

文彦は答えながら、爪痕の付いた肌を見たが、みるみる傷は消え失せていった。

「噛んでもいい？」

さらに千歳が言い、彼の乳首を渾身の力で噛んだが、これも痛くはなく食いちぎられることもなかった。

「ここも噛むわ」

千歳が屈み込み、萎《な》えているペニスに触れ、包皮を剝いてクリッと光沢ある亀頭を露出させると、思い切り歯を立ててきた。

「あう、恐いよ……」

さすがに急所を噛まれて声が洩れ、思わず腰を引いたが、やはり痛くはなく、千歳も顎が疲れるほど噛み締めたが、やがて口を離した。

「すごいわ。薬の灰を舐めた私でさえ、銃弾すらも平気と思うのに、あなたはどんな武器でも倒せないでしょうね。さすがは、かぐや姫本人の体液を取り入れただけあるわ」

千歳は言ったが、それより文彦は刺激にムクムクと勃起してきてしまった。

「ね、したい……」

「いいわ、私も出来ることなら、あなたの子を宿してみたいし」

言うと千歳は答えたが、彼女のことだから、もし、子が出来ても実験材料として扱ってしまうかも知れないと思った。

それでも、今は目の前の性欲である。

千歳も帯を解いて脱ぎはじめると、眠っていたかぐや姫が目を覚ました。

「まあ、ここでなさるのですか」

彼女は驚きもせずに言って起き上がり、場所を空けてくれたので、文彦は全裸で毛氈に仰向けになった。

千歳も一糸まとわぬ姿になり、彼の股間に顔を埋めてきた。

勃起して張り詰めた亀頭にしゃぶり付き、熱い息を股間に籠もらせながら、もぐもぐとたぐるように根元まで呑み込んでいった。

「ああ……」

文彦も快感に喘ぎながら、千歳の下半身を引き寄せ、女上位のシックスナインで顔に跨がってもらった。

向きが変わると、含んでいる千歳の熱い鼻息が陰嚢をくすぐり、彼も下から割れ目に顔を埋め、濃厚な汗とオシッコの匂いを貪りながら割れ目を舐め回した。

さらに伸び上がり、双丘の谷間の蕾にも鼻を埋め、生々しい匂いで鼻腔を刺激されてから、舌を這わせてヌルッと潜り込ませた。

「ク……」

含んでいる千歳が呻き、反射的にチュッと強く吸い付きながら、肛門で彼の舌を締め付けた。

やがて彼女の前も後ろも舐め尽くすと、千歳もスポンと口を離して向き直った。

そして前進してペニスに跨がり、先端に割れ目を押し当て、ゆっくり座り込みながら膣口に受け入れていった。

「アアッ……！」

ヌルヌルッと滑らかに根元まで納めると、千歳が股間を密着させて喘いだ。

文彦も、摩擦と締め付けを味わいながら快感に包まれた。

すぐにも千歳が身を重ね、彼は顔を上げて乳首を含み、前回より濃厚になっている体臭に噎せ返った。

下から顔を抱き寄せ、千歳に唇を重ねると、彼女も舌をからめてくれた。

すると、見ていたかぐや姫まで屈み込み、一緒になって唇を割り込ませてきたのである。

文彦は、興奮と感激に包まれながら、二人の超美女の唇を同時に味わい、舌をからめた。

千歳も、かぐや姫の唾液を直《じか》に吸収してみたいのか、嫌がらず一緒になって舌を蠢かせた。

三人が鼻先を付き合わせて舌を舐め合っているので、二人の吐息が混じり合い、彼の顔中が湿り気を帯び、それぞれの匂いが鼻腔を悩ましく刺激してきた。

千歳の吐息は濃厚な花粉臭で、かぐや姫のほうは、果実を食べた直後のように甘酸っぱい匂いだ。

唾液も混じり合い、彼は味わいながらうっとりと喉を潤した。

そしてズンズンと股間を突き上げはじめると、

「ンンッ……！」

千歳も熱く呻いて腰を遣い、リズムを合わせてきた。

「もっと唾を出して……」

高まりながら言うと、二人とも大量に分泌させ、彼の口に白っぽく小泡の多い唾液をトロトロと吐き出してくれた。生温かなミックスシロップを味わい、うっとり喉を潤すと、たちまち絶頂が押し寄せ、彼は昇り詰めてしまった。

「く……!」

文彦は呻きながら激しく股間を突き上げ、ドクンドクンと大量の熱いザーメンを勢いよくほとばしらせた。

「ああ、いく……!」

噴出を受けた千歳も、淫らに唾液の糸を引いて口を離し、喘ぎながらガクガクと狂おしいオルガスムスの痙攣を開始した。

彼は心ゆくまで快感を味わい、かぐや姫と千歳の舌を舐め、混じり合った吐息を嗅ぎながら最後の一滴まで出し尽くしていった。

そして突き上げを弱めていくと、

「アア……、良かったわ……」

千歳も言って動きを止め、力尽きたようにグッタリともたれかかってきた。

文彦は、キュッキュッと締まる膣内でヒクヒクと過敏に幹を震わせ、二人分の温もりと匂いの中で、うっとりと快感の余韻に浸り込んでいった……。


——三人は、山で二晩を過ごした。

食料は乾し飯《ほしいい》を持ってきていたし、水は近くに小川があった。

かぐや姫の腹も、三日目には臨月の様相を呈し、そろそろかと思われる頃、彼女は自分から裾《すそ》をからげて下半身を丸出しにした。

「産まれますか」

「ええ……、すぐに……」

千歳が介抱しながら言うと、かぐや姫はさしたる苦痛もなさそうに答え、そして息を詰めて力を入れはじめた。

文彦も、固唾《かたず》を呑んでかぐや姫を見守ると、彼女は四つん這いの姿勢を取って白く豊かな尻を突き出した。

千歳は布や水を用意していたが、見ているうちに膣口が広がり、破水も何もなく赤ん坊が産まれ出てきたのである。

（え、こんなに簡単に……？）

それは、文彦から見ても実に呆気ないものだった。

千歳が赤ん坊を布に受け取ったが、臍の緒はなく血も出なかった。

赤ん坊は綺麗な顔立ちの女の子で、少しだけ産声《うぶごえ》を上げたが、間もなく笑みを洩らしはじめたのである。

かぐや姫も、自分で割れ目を拭い、すぐに裾を直して座った。

「では千歳様、この子をお願いします」

「え、ええ……、お任せ下さいませ、姫様」

千歳は言い、文彦は自分の子という実感も湧かず、天使のような赤ん坊を見つめるばかりであった……。

4

「では、お二人には大変お世話になりました。爺たちには事情を話し、分かってもらいます。明日にも迎えが来るでしょうから」

かぐや姫が言い、一人で山を下りていった。やはり迎えが来るので、文彦との婚儀はお断りしたと翁たちに言うのだろう。

彼女の姿が見えなくなると、赤ん坊を抱いた千歳が文彦に言った。

「じゃ、私たちも帰るわね」

「ええ」

「あなたは、歩いて鎌倉へ行って。千年後に会いましょう」

「え……？　僕も一緒に連れて帰ってくれるのでは……」

文彦は目を丸くした。

「残念ながら、このタイムマシンには生命体が二人しか乗れないの」

「じゃ……、行ったらすぐ戻って迎えに来て……」

「それも無理なのよ。もうエネルギーが、一度帰る分しか残っていないの。あなたはもうかぐや姫のパワーをもらって不老不死なのだから、千年後も今の姿のままよ。また高校生に戻れるのだから、それまでノンビリ過ごして」

「そ、そんな……」

「各時代の空気に触れるのも、きっと面白いわ。でも、どうかあまり人とは関わらないで。歴史が変わってしまうから。辛抱すれば良いこともあるわ」

千歳が、赤ん坊を抱いてタイムマシンに乗り込んだ。

「じゃ、千年後にね」

彼女が言ってスイッチを入れると、たちまち文彦の目の前からタイムマシンが霞んで、やがて消え去ってしまった。

（ああ、行っちゃったか……）

文彦は呟いたが、必死に追おうとしなかったのは、恐らくかぐや姫から得たパワーによるもので、千年過ごすのも悪くないと思ったからかも知れない。

とにかく文彦は草の上に寝転び、平安中期の空を仰いだ。

絶大な力が漲っているので不安はなく、湘南まで歩くのもわけない気がしたが、その前に、月へと帰るかぐや姫を見送りたかったのである。

一眠りしてから日暮れに山を下り、屋敷の様子を見てみた。

すると翁や媼が嘆き悲しんでいるかと思ったが、帝から遣わされた多くの警護の武士が物々しく出入りしているではないか。

どうやら、かぐや姫から事情を聞いた翁が帝に使者を出し、迎えに来る月のものたちを撃退する準備をしているらしい。

東の空を見ると、満月に近い月が昇りはじめていた。

(明日の晩か……)

文彦は思い、再び山に戻って小川の水を飲んで休憩した。

どうも、あまり腹が減らなくなっていた。

月世界人は人間の百倍の速さで成長するというから、その力を持った文彦も、一日分の食事で百日分の栄養が賄《まかな》えるのかも知れなかった。

そして一夜過ごし、翌日にまた屋敷を見にいってみると、警護の方も万全らしく、彼はまるで絵巻物でも見ているような気になった。

夕暮れまで待ったが、時間が早く経ち、全く退屈しなかった。

やはり百倍だから、どうも一人でいるときは一秒で二分近い時が流れているのかも知れない。

そして東の山に煌々《こうこう》とした満月が昇りはじめると、屋敷の中もざわめきはじめた。

すると日が暮れたのにいきなり空が明るくなり、月の方から天人の乗物が近づいてきたのである。

（円盤……？）

空を仰ぎながら文彦は思った。丸く、下の方は蓮《はす》の台《うてな》のような紋様があり、平安の人々から見れば雲にも見えたことだろう。

屋根に待機していた武人の何人かが矢を射たが、それは乗物をそれて別の方へ飛び去り、大半の武士はただ呆然として腑抜けのようになっていた。

恐らく屋敷の中では、かぐや姫が、

『今はとて天《あま》の羽衣《はごろも》着る折ぞ君をあはれと思ひ出《い》でける』

と詠《よ》み、翁や媼に別れを告げている頃であろう。

そして乗物は庭の地上すれすれまで下降し、建物からは静かな足取りでかぐや姫が出てきた。

乗物から迎えの者たちが出てきて、リーダーらしき人が羽衣をかぐや姫に着せると、悲しみに溢れていた彼女から表情が消え、感情を失ったように乗り込んでいった。

すると、たちまち乗物は上昇し、月に向かって飛び去ってゆき、昼間のように明るかった光も消え失せて、あとには満月が浮いているだけとなった。

(行ってしまったか……)

文彦は空を見上げて思い、やがて屋敷に背を向けて歩きはじめた。

夜でも目が見え、暗い山中でも恐ろしくなく、彼は速い足取りで東へと向かいはじめた。

京から江戸まで、早い飛脚は三日で走ったというが、それは街道が整備されてからの話である。

それでも文彦は、獣道《けものみち》をものともせず進み、幸い猛獣や山賊に遭《あ》うこともなく、夜明けまでには名古屋を過ぎた辺りまで来ていた。

平安時代では観光する場所もないので、少し休んでは歩き、たまに木の実を取って口にし、さらに東へと向かった。

たまに海が見える程度で、あとは人家もなく空と山ばかりの景色だったが、浜松から静岡に入ると、遠くに富士が見えた。

竹取物語の記述にあるように、山の中腹からはうっすらと煙が立ち上っている。

不老不死の薬を焼いた名残に、その山からは今も煙が上がっている、というところで物語は終わるのだが、もう間もなく噴煙も治まる頃だろう。次の噴火は、江戸時代の宝永年間ではないだろうか。

まだ熱海を迂回する街道などはないので、箱根越えをすることになったが、文彦の体力は一向に衰えず、このまま湘南まで走れそうな気さえしていた。

一気に頂上まで行って、あとは下り坂の獣道。

誰に会うこともなく、日暮れに小田原に入って草むらで寝た。

そして翌朝、海岸沿いに真っ直ぐ鎌倉を目指すと、やはり海の色と風が彼の故郷を思わせ、現在とはだいぶ形の違う江ノ島も見えてきた。

たまに漁《いさ》りの舟が見え、小さな漁村も点在しているようだ。

しかし千歳に言われた通り、誰とも喋らず、むしろ姿を見られないように文彦は進んだ。

やはりバタフライ効果で、些細な切っ掛けが影響し、千年後には大きく歴史が変化してしまう恐れがあるからだ。

やがて彼は鎌倉に入り、山中の洞穴に住むことにして身体を休めた。

起きてから周囲を見ると、やはり海や山の景色からして二階堂界隈であることが分かったが、もちろんこの時代に鎌倉の寺などは建立されておらず、ただ山ばかりである。

ここに都が出来るなど、まだ村人の誰一人夢にも思っていないだろう。

洞窟の周辺には小川もあり、木の実も豊富だった。

彼は枯れ枝と草で火をおこしたが、それも最小限の力で点けることが出来た。

寝床と食い物はあるが、いないのは女性だけである。

(せっかく身体が頑健なのだから、武芸でも稽古しようか。千年もあるのだから)

文彦は思い、木ぎれを木刀にし、木立を叩いてみた。剣道の授業で習った左右面の切り返しである。

すると思うように身体が動き、さらには落下する落ち葉を叩く稽古、吊した木ぎれを打ちまくる稽古に明け暮れた。

それを日課とすると、ひ弱だった肉体に少しずつ筋肉がつきはじめたのである。

何日経ったことだろう。誰にも会わず喋らずの毎日を過ごし、岩壁に刻んでいた正の字も、もう意味をなさないので止《や》めた。

たまに小川で身体を洗ったが、いくら動いてもそれほど汚れず、垢《あか》も出ないような体質になっていた。

食料集めと稽古の他は、蔓《つる》を集めて縄を用意した。いずれ小屋でも建てるとき必要になるだろう。今は、斧もないので木を切ることが出来ない。

そんなある日のこと、文彦の洞窟に一人の武士がやって来た。

「何者だ。こんな山中に棲みつくのは」

野太い声に振り返ると、髭面《ひげづら》で四十年配の大男である。

「僕の勝手だ。関わるな」

「ぼく？　ほう、食い物もありそうだな。その洞窟を明け渡してもらおうか」

男がスラリと太刀《たち》を抜いたので、文彦も咄嗟《とっさ》に木刀を構えた。

「やる気か、そんな木ぎれで」

男は言うなり正面から斬りかかってきた。しかし文彦は軽やかに躱《かわ》し、木刀を相手の手首や脾腹《ひばら》に叩き込んでいた。

「く……、信じられん。わしが負けるなど……」

男は膝を突いて、呆然と文彦を見た。

「道中、どんな山賊が何人がかりでも苦もなく倒してきたというのに……」

「あなた、もしかして月の岩笠さんでは？」

「何、どうしてわしの名を……！」

文彦に言われ、男が目を丸くした。どうやら、この男が千歳の先祖である月の岩笠で、富士山で薬を焼いて鎌倉に来たところだったのだ。

不老不死の薬を舐めた効果で体力は増強し、軽々と旅をしてきたが、どんな山賊にも負けることのない彼が、赤子の手をひねるように文彦に負けたのだから、その驚きも大きいようだった。

「僕は、かぐや姫と契りを結んだ男」

「なんと……、では、月のお方の力を宿しているのか……」

岩笠は言うなり、太刀を置いてその場に平伏したのだった。

5

「以後、この岩笠、文彦様を主君と仰ぎ、お仕えいたします」

岩笠が言い、文彦の家来となった。彼も不老不死の薬を舐めたから、月世界人の力が無意識に分かるのだろう。

岩笠なら、同じ秘密を持った男なので接触しても構わないだろうし、文彦も話し相手が出来たことを嬉しく思った。

それからは、岩笠は実によく働き、村から斧を調達しては木を切り、文彦と一緒に小屋を建てたのだった。

この場所が恐らく、のちのルナ機関の所有地になるのだろう。

やがて年月が過ぎ去っても、二人は一向に歳を取らなかった。海に近い村々が急に賑わいはじめたので、鎌倉時代に入ったのかも知れない。

岩笠は構わず人と交流し、戦《いくさ》にも参加して武功を上げ、小屋があったところに屋敷を建てて妻も娶った。

しかし文彦は、屋敷の奥座敷から出ず、人との接触を避け、岩笠もそれをよく守り、彼を屋敷に棲みついた生き神か秘仏のように扱ってくれたのである。

（いま、この同じ世の中に、頼朝も義経もいるんだなあ。静御前は、どんな美女だろうか……）

文彦は思ったが、もちろん屋敷から出ることはなく、たまに裏庭で剣術の稽古をして、極力書物も取り寄せてもらって目を通した。

文字も、この時代の人と話が通じるように、脳内変換されるせいか、すぐにも読んで理解することが出来た。

岩笠の妻も家来たちも、奥座敷には決して行くなという言いつけを守っていた。

しかし、ある日のこと岩笠が、一人の若い娘を連れて奥座敷に入ってきた。

「これは、楓《かえで》という身寄りのない村の娘です。これからは楓がお食事を運び、身の回りのお世話を致しますので」

岩笠も、文彦が一人きりでは寂しいと思い、十七、八ばかりの見目麗しい娘を付けてくれたのだ。

「文彦様のお世話をすることは、他の者に言わぬよう堅く口止めしておりますので」

岩笠が言い、楓を置いて去っていった。

「文彦様、よろしくお願い致します」

深々と辞儀をして楓が言い、顔を上げると何とも可憐な顔立ちをし、しかも賢そうだった。

長い黒髪を後ろで束ね、地味な着物を着ているが、どことなく高校のクラスメートの山辺沙貴に似ていた。

彼も激しく欲情したが、孕ませたりしたら歴史が変わってしまうだろう。

（いや、あるいは妊娠しないよう気を込めれば大丈夫かも……）

ふと文彦は思った。月世界人のパワーで、それが容易に出来るような気がするのである。

さらには、少々人と接触したところで、大きな流れの果てにある未来は、そう変わらないのではないかという気もしてきた。

奥座敷には常に布団が敷かれて燭台が置かれ、文彦専用の厠《かわや》も脇にあった。

彼は、楓を近くへ呼び、久々に見る女性に激しく勃起した。

「伽《とぎ》まで命じられているのかな」

「はい、何なりとお申し付け下さいませ」

聞くと、楓は目を輝かせて答えた。岩笠から言い含められ、嫌々来たわけではなさそうだし、文彦の顔立ちを見て、思っていた以上に整っているので安堵して喜び、また役目を光栄に思っているようだった。

彼は楓を抱き寄せ、スッピンだが健康的な張りのある頬を撫で、新鮮な赤みがかった唇を舐め、舌を挿し入れていった。

「ンン……」

楓は初めての口吸いに驚き、小さく声を洩らしたが、すぐ歯を開いて彼の舌を受け入れた。

美少女の舌は生温かな唾液に濡れ、滑らかに蠢き、文彦はネットリとからみつけて味わいながら、すぐにも射精しそうなほど高まってしまった。

執拗に舌を這わせながら、胸元から手を入れて張りのある乳房を探り、指の腹で乳首をクリクリといじると、

「アア……」

楓が口を離して熱く喘いだ。吐き出される息は熱く湿り気があり、濃厚に甘酸っぱい匂いを含んで鼻腔を刺激してきた。かぐや姫の匂いより、さらに野趣溢れる野イチゴのような芳香である。

やはりどの時代でも、美女というのは自然のままで良い匂いになってしまうものなのだろう。

文彦は、彼女の唾液と吐息だけで、今にも暴発しそうに高まってしまった。何しろ長いこと射精していないし、オナニーも夢精もしてこなかったのである。

まずは一度出して落ち着こうと、彼は裾をめくって下帯を取り去り、布団に仰向けになって屹立したペニスを露わにした。

「お口で可愛がってくれるか」

「はい……」

こんなことまで岩笠に命じられているわけではないだろうが、楓は文彦の発する気に操《あやつ》られるように屈み込んできた。

大股開きになると彼女が真ん中に腹這い、文彦の内腿にサラリと髪を流し、股間に熱い息を籠もらせた。

恐らく生娘で、初めて間近にするであろう肉棒に熱い視線を注ぎ、舌を伸ばして裏筋をペローリと舐め上げてきた。

「あう……」

文彦は、久々に得る快感に呻いた。

彼女も、先端まで来ると粘液の滲む尿道口にチロチロと無邪気に舌を這わせてくれた。別に不味《まず》くなく、むしろ無意識に彼のパワーを吸収するようにしゃぶり、小さな口を精一杯丸く開いて、張り詰めた亀頭をくわえると喉の奥までスッポリと呑み込んできた。

「ああ……」

文彦は喘ぎながら、美少女の清らかな唾液にまみれた肉棒をヒクヒク震わせた。

さらに小刻みにズンズンと突き上げると、

「ク……」

喉の奥を突かれた楓が微かに眉をひそめて呻き、それでも幹を丸く締め付けて吸い付き、熱い鼻息で恥毛をくすぐった。

口の中でクチュクチュと滑らかに舌を蠢かせてくれ、文彦も股間を突き上げながら急激に高まっていった。

すると彼女も小刻みに顔全体を上下させ、濡れた口でスポスポと強烈な摩擦を繰り返してくれたのだ。

「い、いきそう……、飲んで……」

たちまち文彦は絶頂に達して口走り、溶けてしまいそうな大きな快感に全身を包み込まれた。

同時に、溜まりに溜まった熱い大量のザーメンがドクンドクンと勢いよくほとばしり、美少女の喉の奥を直撃した。

「ンン……」

楓が驚いたように呻いたが、なおも摩擦と吸引、舌の蠢きは続行してくれた。

「ああ、気持ちいい……」

文彦はガクガクと身悶えながら喘ぎ、心ゆくまで久々の快感を味わった。

そして最後の一滴まで、無垢な美少女の口に出し尽くすと、満足しながらグッタリと力を抜いて四肢を投げ出していった。

すると、全て吸い出した楓も、ようやく摩擦と吸引を止めた。

亀頭を含んだまま、彼女が口いっぱいに溜まったザーメンをコクンと飲み込むと、キュッと口腔が締まった。

「く……」

文彦が呻くと、やっと楓もチュパッと軽やかに口を離し、なおも幹を握りながら、尿道口から滲む余りの雫まで丁寧にペロペロと舐め取ってくれた。

「も、もういい、どうも有難う……」

彼がヒクヒクと過敏に幹を震わせながら、腰をよじって言うと彼女も舌を引っ込めてくれた。

「これが子種なのですか。少し生臭いけど、何だか、とっても美味《おい》しい……」

残り香の中で可憐に舌なめずりしながら、楓が感想を述べた。

かぐや姫から得た絶大なパワーが含まれているから美味しく感じたのだろう。これで彼女も、たいそう長生きするに違いなかった。

文彦は彼女を抱き寄せて添い寝させ、腕枕してもらった。

そして美少女の吐き出す濃厚に甘酸っぱい息を嗅ぎながら、うっとりと快感の余韻を味わった。

「すごく気持ち良かったよ……」

「そうですか。嬉しいです」

言うと楓が答え、彼は鎌倉時代の美少女の温もりと匂いの中で、すぐにもムクムクと回復しはじめたのだった。

「じゃ、全部脱いでね」

言うと楓は身を起こして帯を解き、文彦も乱れた着物を全て脱ぎ去って全裸になったのだった。

第三章　熟女のセーラー服時代

1

「じゃ、ここに立って、僕の顔に足を乗せてね」

「い、生き神様にそんなことしたら、罰《ばち》が当たります……」

文彦が仰向けのまま言うと、一糸まとわぬ姿になった楓が声を震わせた。

「いや、楓の方がずっと美しく清らかなのだよ。だから、さあ、僕の悦びのために我慢して」

懇願するように言うと、楓も戦《おのの》きながら立ち上がって、恐る恐る彼の顔の横に立った。下から見上げると、実にムチムチとした健康的な肢体をしていた。

やがて彼女が意を決し、そろそろと片方の足を浮かせ、彼の顔に乗せてきた。

「アア……、お許しを……」

楓が今にも泣きそうな声でか細く言い、壁に手を突いてフラつく身体を支えた。

文彦は、美少女の足裏を顔中で味わい、踵から土踏まずに舌を這わせ、縮こまった指の間に鼻を押し付けて嗅いだ。

そこは生ぬるい汗と脂にジットリ湿り、ムレムレの匂いが濃厚に沁み付いて鼻腔を刺激してきた。

嗅ぐたびに、悩ましい悦びが胸からペニスに伝わり、たちまち彼はピンピンに勃起して、元の硬さと大きさを取り戻してしまった。

そして爪先にしゃぶり付き、順々に指の股に舌を割り込ませて味わうと、

「あう……、ど、どうか、堪忍《かんにん》……」

楓が息も絶えだえになって呻き、ガクガクと膝を震わせた。

彼は足を交代させ、そちらも新鮮な味と匂いを貪り尽くすと、楓の足首を摑《つか》んで顔を跨がらせた。

「じゃ、しゃがんで」

「そ、そんな……」

真下から言われ、彼女は朦朧《もうろう》としながらゆっくりしゃがみ込んできたのだった。

M字になった足がムッチリと張り詰め、ぷっくりと丸みを帯びた割れ目が彼の鼻先に迫ってきた。

文彦は顔中に熱気と湿り気を受けながら、無垢な割れ目に目を凝らした。

丘には楚々とした若草が煙り、僅かにはみ出した花びらに指を当てて左右に広げると、処女の膣口が襞を入り組ませて息づいていた。

ポツンとした小さな尿道口も見え、光沢ある小粒のオサネも包皮の下から顔を覗かせていた。

「ああ……、生き神様を跨ぐなんて……」

楓は畏《おそ》れ多さで、今にも失神しそうに声を震わせ、それでも幼い蜜を滲ませはじめていた。

文彦は彼女の腰を抱き寄せ、若草に鼻を埋め込んで嗅いだ。

甘ったるい汗の匂いにほのかな残尿臭、そして恥垢のチーズ臭も混じって彼の鼻腔を悩ましく掻き回してきた。

彼は嗅いで胸を満たしながら舌を挿し入れ、生温かなヌメリを味わい、膣口からクリトリスまで舐め上げていった。

「アアッ……！」

楓が驚いたように喘ぎ、思わずギュッと座り込みそうになるのを、懸命に彼の顔の左右で両足を踏ん張って堪えた。

文彦は執拗にチロチロとクリトリスを舐めては、次第に溢れてくる蜜を掬《すく》い取り、さらに水蜜桃《すいみつとう》のような尻の真下に潜り込んでいった。

顔中に双丘を受け止め、谷間の蕾《つぼみ》に鼻を埋めて嗅ぐと、濃厚な匂いが感じられ、その刺激も妖しく胸に沁み込んできた。

そして舌を這わせて襞を濡らし、ヌルッと潜り込ませて粘膜を探ると、

「あう……、駄目です……」

楓が違和感に呻き、キュッと肛門で舌先を締め付けてきた。

文彦は内部で舌を蠢かせ、甘苦い微妙な味わいを堪能してから、再び移動して割れ目に戻った。

そしてクリトリスに吸い付きながら、濡れた膣口に指を潜り込ませた。

さすがに多少きついが、溢れる蜜で指は滑らかに潜り込んだ。

彼はクリトリスを刺激しながら、内壁を小刻みに擦り、天井のGスポットも圧迫してやった。

「あう、も、漏れそう……」

楓が息を震わせて言い、キュッキュッと膣口で指を締め付けた。

「いいよ、ゆまりを出して」

「ゆまり？　ししのことですか……」

真下から言うと楓が答えた。やはり時代や地域でオシッコの呼び方も違うようだ。

「そう、ししを出して構わないからね。楓も僕の出したものを飲んでくれたのだし」

「そ、そんなこと……」

楓は息を呑んだが、最前から刺激されてすっかり尿意が高まっているようだった。

やがて彼は指を引き抜き、クリトリスを吸いながら、さらに柔肉内部も掻き回すように舐めた。

するると柔肉が蠢き、温もりと味わいが変わってきた。

「あう……、本当に出ます……」

楓が呻いて言うなり、とうとうチョロチョロと熱い流れが彼の口にほとばしってきたのだった。

かぐや姫のときもこぼさずに飲み干せたし、相手は清らかな処女だからと、彼は受け止めながら夢中で喉に流し込んだ。味と匂いは、さすがにかぐや姫より濃かったが抵抗はなかった。

「アア……」

楓はゆるゆると放尿しながら朦朧と喘ぎ、それでもあまり溜まっていなかったようで、すぐにも流れは治まってしまった。

文彦は残り香の中で余りの雫をすすり、なおもクリトリスを舐め回すと新たな愛液が溢れてきた。

「ど、どうか、もうご勘弁を……」

もう上体を起こしていられなくなり、彼女は懸命に股間を引き離してゴロリと横になった。入れ替わりに文彦も身を起こし、彼女を大股開きにさせて正常位で股間を進めていった。

「入れていいかな」

「はい、どうぞお好きに……」

確認を取ると、楓が上気した顔で頷《うなず》いた。やはり自ら跨いで舐められるより、受け身になってほっとしたようだ。

文彦は緊張と興奮に包まれながら、先端を濡れた割れ目に押し当てた。

何しろ、人間相手では初めての処女なのだ。何度か擦り付けてヌメリを与え、位置を定めてゆっくり挿入していった。

張り詰めた亀頭が処女膜を丸く押し広げて潜り込むと、あとは潤いに助けられてヌルヌルッと根元まで滑らかに吸い込まれていった。

「あう……！」

楓が眉をひそめ、破瓜の痛みに呻いて肌を強ばらせた。

文彦もきつい締め付けと、熱く濡れた肉襞の摩擦を感じながら股間を密着させ、両脚を伸ばして身を重ねていった。

動かなくても、息づくような収縮が幹を刺激した。

彼は屈み込んで薄桃色の乳首に吸い付き、舌で転がしながら張りのある膨らみを顔中で味わった。

もう片方も含んで舐め回し、さらに腕を差し上げて腋の下に鼻を埋めると、生ぬるく湿った和毛には何とも甘ったるい汗の匂いが濃厚に籠《こ》もっていた。

美少女の体臭で胸を満たすと、もう我慢できず彼は様子を探りながら、そろそろと小刻みに腰を突き動かしはじめた。

「アア……」

「痛いかな」

「いいえ、大丈夫です。痛みは最初だけで、今は気持ちいいです……」

楓が下で、熱く息を弾ませて答えた。

やはり、先程ザーメンを美味しく感じたように、今も彼のパワーに影響されて、通常よりずっと早く快感を覚えはじめたようだった。

それならと次第に彼も遠慮なく律動し、心地よい摩擦に高まっていった。溢れる蜜が動きを滑らかにさせ、クチュクチュと湿った音が響いた。

「ああ、いい気持ち……」

楓が喘ぐと彼は開いた口に鼻を押し付け、甘酸っぱい息を胸いっぱいに嗅ぎながら摩擦の中で昇り詰めてしまった。

「い、いく……！」

絶頂の快感に口走り、ありったけの熱いザーメンをドクンドクンと内部にほとばしらせると、

「アア……、熱いわ……、なんていい……！」

奥に噴出を感じた楓も声を上ずらせて激しく下からしがみつき、ガクガクと狂おしいオルガスムスの痙攣を開始したのである。どうやら文彦が抱けば、どんな処女でも初回から感じてしまうようだった。

彼は快感を噛み締めながら、心置きなく最後の一滴まで出し尽くしていった。

そして満足しながら動きを止め、力を抜いてもたれかかると、

「ああ……、こんなに良いものだなんて……」

楓も声を洩らして肌の硬直を解き、グッタリと身を投げ出していった。

文彦は収縮する膣内でヒクヒクと過敏に幹を震わせ、美少女の吐き出す濃厚な果実臭の息を嗅ぎながら、うっとりと快感の余韻を味わったのだった。

2

「全く、文彦様はお年を召されませんなあ。わしなどは、もうすっかり髭も白くなりお迎えも近くなりました……」

室町時代に入ると、さすがに二百歳を越えた岩笠が言った。

すでに彼は息子に孫に曾孫《ひまご》、玄孫《やしやご》までいる。

そして代々、子が産まれると不老不死の薬を焼いた灰をひと舐めさせた。そのため、みな頑健な肉体を持っていた。

「わしが逝《い》っても、子々孫々までお守りするよう言いつけておりますので、ご不自由でしょうが、元の世に戻れる日までご辛抱下さいませ」

岩笠はそう言い、間もなく死んだ。

それからは子や孫の代が文彦を守護してくれ、彼のパワーをもらった楓もたいそう長生きをしてから死んでいった。

(そうか、不老不死というのは、親しい人を順々に見送るという、避けられない悲しみがあるのだな……)

文彦は思い、やがて南北朝時代を過ぎ、戦国時代を迎えた。

人の百分の一の速さで伸びていた髪も髷が結えるようになり、時代に合わせて衣装も用意され、新たな侍女も与えられた。

それでも、高校三年生のときの記憶が薄れることもなく、むしろそこへ向かっているのだという楽しみは日に日に強くなっていった。

そして安土桃山時代を経て、時は江戸時代となった。

会いたい歴史上の人物も数多いが、屋敷から出るわけにいかない。

相変わらず文彦は自己流の鍛錬をし、書物に目を通し、侍女を抱く毎日を繰り返していた。

戦国時代にも、月野家から男たちが出陣していったが、誰一人死ぬことはなく手柄を立て、たとえ怪我をしても治りが早かった。

だから月野家の者たちも、いつしか自分たちの幸運は奥座敷に住む加賀文彦大明神のおかげと思うようになっていたのである。

江戸中期に入ると、この鎌倉にも江戸からの行商人がやって来て、本や読売（瓦版）を置いていってくれるようになり、さらに文彦の見聞も広まった。

振袖火事に生類憐れみの令、富士の噴火に忠臣蔵、解体新書に東海道中膝栗毛、国定忠治の処刑にペリー来航。

そして幕末だ。熱烈に会ってみたい志士たちに思いを馳せ、明治になれば、文彦も外へ出られるだろうと踏んだ。

東京は人が多いし、ことさら誰かと接触しなければ、観光気分で行って帰れることだろう。

そして明治維新。髷を切ってザンギリ頭になり、西南戦争が終わり日清戦争。

そろそろ良いだろうと、文彦は月野家の現当主に言って小遣いをもらい、初めて屋敷を出た。

「ああ、何て久しぶりだろう……」

文彦は絣《かすり》の着物に小倉袴《こくらばかま》という書生スタイルで外へ出ると、大きく伸びをした。

実際、もう鎌倉に来てから八百年以上が経っているのだ。

彼は鎌倉から北へ歩き、あまり人目に付かないよう素早く移動した。

そして横浜まで来ると陸蒸気《おかじようき》に乗って新橋に出て、さらに人力車を乗り継いで浅草十二階を見た。

さすがに人が多く行き交い、色とりどりの幟《のぼり》が立ち、芝居見物や牛鍋屋などが混み合っていた。

（携帯があれば写メが撮れるんだが……）

文彦も、すっかり現代に近い感覚を甦《よみがえ》らせて思った。

夏目漱石や柔道の西郷四郎などにも会いたいが、会えば何か話をし、余計な知識を言ってしまい、未来に悪影響が出るかも知れない。

結局彼は、上野で天丼を食い、また新橋から横浜へ戻り、鎌倉まで早歩きで帰ってきたのだった。

それでも外の空気を吸ったことは大いなる気分転換になったし、明治時代の東京の風景が見られたことは実に興味深いものがあった。

やがて日露戦争が終わり、大正時代に入った。

また東京でも行って、モダンボーイやモダンガールを見たいと思ったが、結局誰とも話せないのだからと諦め、せいぜい江ノ電に乗って自分の知っている百年前の湘南界隈を散歩するにとどめた。

　そして大正十二年の夏の終わり。

「九月一日の昼に大地震があるので、火の元に充分気をつけて下さい。でも身内だけにとどめ、あまり多くの人に言わないように」

　当主に言うと、長年の間、生き神と思われている彼の言葉だから信じてくれた。

　そして当日、相模湾沖を震源とするマグニチュード七・九の大地震が発生。

　月野家の人々は充分に注意していたので、お昼時だったが火は使わず、倒れそうなものも対処しておいたから大事に至らずに済んだ。

　しかし町は混乱し、あちこちで小火《ぼや》が起き、江ノ島も形が変わるほどの大震災であった。

「おかげさまで、最小限の被害に食い止めました。有難うございます」

　当主が奥座敷へ来て、料理や果物のお供物を差し出してくれた。

　あとは復興の日々が続いて、やがて昭和。

　すでに鎌倉界隈には、文彦の祖父母もいるのだろうが、やはり接触は避けることにした。

　そして長い戦争の時代に入り、当主の息子も出征。大陸の戦地で銃弾を受けたが、異常に回復が早いのを軍医が注目することとなった。

当主の息子が帰国すると、彼を研究して不死身の兵隊を作る計画が立てられ、月光機関と名付けられた組織が設立された。

むろん、ごく少数の科学者による極秘事項であった。

しかし計画半ばにして終戦。機関は消滅し、全ての資料は焼かれたかに思えたが、医者になっていた月野一族の一人が密かに受け継ぎ、ルナ機関と称した。

そして、この二階堂の広大な敷地の地下に研究所を作り、片隅に出入り口のバラック小屋を建てた。

責任者は、千歳の祖父に当たる月野貴一郎《きいちろう》博士。

文彦も地下の研究所に出入りし、貴一郎に今まであったことを全て話した。

「なるほど、うちにある家宝の灰は、かぐや姫にもらった不老不死の薬を焼いたものだったか。ただ、もうほとんど残っていないが」

貴一郎は言い、文彦も自分の血を採血してもらい、不老不死の究明に協力した。

その研究の結果、文彦の体液には不老不死や人の能力を増大するパワーばかりでなく、時を越える能力まで秘められているのではないかと仮定された。

かぐや姫と交わった文彦の体液には、千年前の時代と密接に繋《つな》がり、その時代にのみ行き来できるらしい未知の成分があったのである。

それが、のちのタイムマシンの原理のヒントとなり、エネルギーとなるようだった。

千歳は文彦に、コンピュータに選ばれた一人なのだと言われたが、最初から文彦でなければいけなかったのである。何しろ、タイムマシンの製作には、文彦の存在が最重要だったからだ。

やがて昭和が終わり、平成となった。

とうとう文彦は、月野家の中で一千年を過ごしてしまったのである。

(平成十二年には、僕が生まれてしまうんだけど、どうなるんだろうか……)

同じ世界に、二人の人間は存在できないだろう。

自分が消滅してしまうか、あるいは産まれないことになってしまうのか、それは、そのときになるまで分からない。

とにかく文彦は、何度も改築された屋敷の奥座敷と、地下の研究室を行き来する毎日を過ごした。

そして、とうとう文彦は、自分の生年月日の一週間前を迎えた。

もう母は大きなおなかを抱えて、鎌倉市内にある自宅と病院を往復している時期であろう。

そんなある日のこと、奥座敷に一人のセーラー服の美少女が入ってきた。

それは貴一郎の孫娘、十七歳の千歳であった。

文彦も、月野家の人とは当主以外には会わないようにしていたが、千歳は一目見てすぐに分かった。

三十五歳の超美女だった千歳は、十七歳の時分も輝くような美少女であった。

白い長袖《そで》のセーラー服で、濃紺の襟《えり》と袖に三本の白線、スカーフは白で、スカートも濃紺。千歳は長い黒髪をお下げに結い、愛くるしい顔立ちで、好奇心いっぱいの熱い眼差しを文彦に向けていた。

3

「ち、千歳さん……」

「わあ、すごいわ。生き神様は、初めて会うのに私の名前が分かるの？」

思わず言うと、千歳は顔を輝かせて近づいた。

文彦も千歳に対しては、以前は千年前に置き去りにされた恨みもあったのだが、今は貴重な体験が出来たと思っている。

今日は、家人は出払って彼女だけらしい。時間からして、近くの女子高から下校したばかりというところだろう。

「ずっと昔からうちに棲みついていると聞いていたから、もっとお爺さんかと思ったけど若いわ。いくつなの」

「せ、千十八歳」

「そう、見た目は十八ぐらいね」

千歳は興奮に息を弾ませて言い、みるみる頬を紅潮させていった。

あるいは、文彦の溜まりに溜まった性欲パワーが彼女を包み込んでしまったのかも知れない。

「本当は、こっそりお顔を見て、少しでもお話しできれば気が済んだのだけど、こんなに若くてカッコいい神様なら別だわ。私、あなたに処女を捧げるって決めた」

「え……」

千歳が包み隠さず大胆に願望を口にし、文彦は戸惑った。

もちろん知らない仲ではないし、しかも可憐な処女だから、彼もたちまち股間を熱くさせてしまった。

それにしても、自分が童貞を捧げた相手の処女を奪う日が来るなど、いったい誰が信じるだろうか。

「ね、脱ぎましょう。人と同じ身体なのでしょう？」

千歳が言い、スカーフを解きはじめた。

あるいは彼女は、文彦がかぐや姫と交わるときに覚えた興奮と似たようなものを感じているのかもしれない。

「私、大学は理系か医学系か迷っているの。神様からパワーを与えられたら、きっとどちらにするか決心が付くと思うわ」

ためらいなく脱ぎながら千歳が言い、文彦も激しく勃起しながら脱いでいった。

全裸になって布団に仰向けになると、千歳もセーラー服とスカートを脱ぎ、ブラとソックス、最後の一枚も脱ぎ去って迫ってきた。

やはり平成の十七歳だから、処女とはいえ知識は充分にあり、好奇心いっぱいで積極的にペニスに視線を這わせてきた。

「すごい、こんなに勃《た》ってるわ……」

千歳は言い、物怖じせず顔を寄せ、そろそろと指を這わせてきた。

処女の指で張り詰めた亀頭と脈打つ幹を撫でられ、陰嚢にも触れてそっと睾丸を転がしてきた。さらに袋をつまんで肛門の方まで覗き込まれ、文彦は久々の快感ですぐにも高まってしまった。

「ああ、いきそう……」

「すぐザーメンが出てしまうの？　先っぽが濡れてきたわ」

千歳が無邪気に言い、とうとう舌を伸ばして粘液の滲む尿道口をチロリと舐めてきた。

「あう、ダメだよ、出ちゃう……」

「なんか、すごく美味しい……。小さい頃、最後の灰をひと舐めしたときより力が湧いてくる気がするわ……。ね、飲ませて」

言うなり千歳は亀頭にチロチロと舌を這わせ、無垢な口で大胆にスッポリとくわえてくれた。

「ああ……」

快感に喘ぎながら股間を見ると、可憐なお下げの処女が頬を上気させて吸い付き、熱い鼻息で恥毛をそよがせていた。口の中ではクチュクチュと舌がからみつき、たちまち彼自身は生温かく清らかな唾液にまみれて震えた。

「ンン……」

千歳は先端が喉の奥に触れるほど頬張って小さく呻き、やがて彼が快感に任せてズンズンと突き上げはじめると、合わせて顔を上下させ、濡れた口でスポスポと強烈な摩擦を繰り返してくれたのだった。

「い、いく……、アアッ……！」

文彦は絶頂し、大きな快感に貫かれて喘いだ。そして、熱い大量のザーメンをドクンドクンと勢いよく無垢な口の中にほとばしらせてしまった。

「ク……」

千歳は噴出を受けながらも、なおも舌の蠢きと摩擦を強めてくれた。

彼は心ゆくまで久々の快感を嚙み締め、最後の一滴まで出し尽くし、グッタリと力を抜いて身を投げ出した。

千歳も動きを止め、亀頭を含んだまま口に溜まった大量のザーメンをゴクリと一息に飲み干してくれた。

「あう……」

文彦はキュッと締まる口腔に刺激されて呻き、駄目押しの快感に幹を震わせた。

ようやく彼女がチュパッと口を離し、なおも幹をニギニギとしごきながら尿道口に脹らむ余りの雫まで丁寧に舐め取ってくれたのだった。

「も、もういい、有難う……」

文彦は過敏にペニスを震わせ、腰をよじって言った。

千歳も、やっと舌を引っ込めて顔を上げた。

「美味しいわ。すごく長生きしそう……」

彼女が溜息をつき、チロリと舌なめずりして言った。

のちに千歳は銃弾を受けても大丈夫そうと言ったが、それは決して誇張ではなく、薬の灰ばかりか文彦の体液まで吸収していたからなのだろう。

全裸の千歳が添い寝してきたので、文彦は腕枕してもらい、温もりに包まれながら余韻の中で呼吸を整えた。

「神様なのに甘えたいの？」

千歳が言い、胸に抱きながら優しく彼の髪を撫でてくれた。まあ実際には、彼女は十七歳年上なのである。

生ぬるく湿ってスベスベの腋の下に鼻を埋めると、ミルクのように甘ったるい汗の匂いが悩ましく胸を満たしてきた。

目の前では、やがて巨乳になる兆《きざ》しを見せている乳房が息づいていた。

文彦はたちまちムクムクと回復しながら、充分に美少女の体臭を嗅ぎ、そろそろと移動してピンクの乳首にチュッと吸い付くと、

「あん……」

千歳がビクリと反応して喘いだ。

彼は舌で転がしながら顔中を膨らみに押し付け、思春期の張りと弾力を味わった。もう片方の乳首も含んで舐め回すと、甘ったるい匂いが濃く揺らめき、次第に千歳も息を弾ませてクネクネと悶えはじめた。

両の乳首を味わうと、彼は滑らかな肌を舐め降り、愛らしい縦長の臍を舐め、張り詰めた下腹から腰、ムッチリした太腿をたどっていった。

やはり久々の女体は隅々まで味わいたいし、せっかく射精したばかりなのだから、股間は最後に取っておきたいのだ。

脚を舐め降り、滑らかな脛から足首まで行くと足裏に回り込んで、踵から土踏まずを舐め、指の股に鼻を割り込ませて嗅いだ。

そこは生ぬるい汗と脂にジットリ湿り、蒸れた匂いが濃く沁み付いていた。

文彦は胸いっぱいに嗅いでから爪先にしゃぶり付き、順々に指の股に舌を挿し入れて味わった。

「あう、今日は体育があったから汚れているわ……」

千歳が息を詰めて言ったが、彼はもう片方の足も味と匂いが薄れるまで貪り尽くしてしまった。そして彼女をうつ伏せにさせ、踵からアキレス腱、脹《ふく》ら脛《はぎ》から太腿、尻の丸みをたどっていった。

腰から背中を舐め上げると汗の味がし、肩まで行って髪に鼻を埋めると、リンスの香りに混じり、ほんのり乳臭く幼い匂いが感じられた。

汗ばんだ耳の裏側も嗅いで舐め、うなじから再び背中を舐め降り、うつ伏せのまま股を開かせて腹這い、大きな水蜜桃のような尻に戻ってきた。

指でムッチリと谷間を広げると、奥にピンクの蕾がキュッと閉じられていた。

鼻を埋めて嗅ぐと、蒸れた汗の匂いに混じり、秘めやかな微香が籠もっていた。

平成十二年だが、旧家の月野家はまだ辛うじてシャワートイレではなく、紙で拭いただけのナマの匂いを感じることが出来た。

文彦は嬉々として美少女の恥ずかしい匂いを貪り、顔中を双丘に密着させながら舌を這わせた。

細かに震える襞を濡らし、ヌルッと潜り込ませて滑らかな粘膜を探ると、

「く……、ダメ……」

顔を伏せたまま千歳が呻き、キュッと肛門で舌先を締め付けてきた。

文彦は舌を蠢かせ、ようやく顔を上げると再び彼女を仰向けにさせた。

片方の脚をくぐって股間に顔を寄せ、白く滑らかな内腿を舐め上げて処女の割れ目に迫った。

「ああ……、恥ずかしいわ……」

大股開きにされ、股間に彼の熱い視線と息を感じながら千歳が喘いだ。

ぷっくりした丘には若草が楚々と煙り、割れ目からはみ出した小振りの花びらを指で広げると、ピンクの柔肉はヌメヌメと潤っていた。

無垢な膣口が襞を入り組ませて息づき、小さな尿道口も見え、包皮の下からは小粒のクリトリスが顔を覗かせていた。

もう堪らず、彼はギュッと顔を埋め込んでいった。

4

「アアッ……！」

千歳がビクッと顔を仰け反らせて喘ぎ、内腿でキュッときつく文彦の両頬を挟み付けてきた。

彼は柔らかな恥毛に鼻を擦りつけ、隅々に籠もった匂いを貪った。甘ったるい汗の匂いに、ほのかなオシッコの匂い、そして恥垢のチーズ臭も混じって悩ましく鼻腔を搔き回してきた。

「いい匂い……」

嗅ぎながら思わず言うと、千歳が羞恥にギュッと内腿に力を込めた。

文彦は何度も深呼吸して処女の匂いを貪り、舌を這わせて陰唇の内側を探った。

ヌメリは淡い酸味を含み、すぐにも舌の動きを滑らかにさせた。

膣口の襞をクチュクチュ搔き回して味わい、柔肉をたどってクリトリスまで舐め上げていくと、

「い、いい気持ち……」

千歳が素直に声を弾ませ、ヒクヒクと白い下腹を波打たせた。

文彦はチロチロとクリトリスを刺激しながら、指を無垢な膣口に挿し入れ、内壁を小刻みに擦って挿入の準備を整えた。

そして、指の腹で膣内の天井を擦っていると、

「オ、オシッコ漏れそう……」

刺激に尿意を催したように千歳が口走った。

「いいよ、出して」

彼も指を引き抜き、割れ目に口を当てて吸い付いた。舌を挿し入れると、中の柔肉が蠢いて味わいが変化してきた。

「あう、出ちゃう……」

彼女が息を詰めて言うなり、チョロチョロと熱い流れがほとばしってきた。

文彦は夢中で口に受け、布団を濡らさぬよう懸命に飲み込んだ。味も匂いも淡く、何とも清らかな流れで、喉に流し込むのも全く抵抗がなかった。

しかし刺激に尿意を催した気がしただけのようで、量はそれほど多くなく、間もなく治まってしまった。

文彦は一滴もこぼさず飲み込み、残り香の中で余りの雫をすすり、割れ目内部を舐め回した。すると、すぐにも淡い酸味のヌメリが満ちて舌の動きがヌラヌラと滑らかになった。

「い、いきそう……、入れてみたいわ……」

千歳も、仰向けのまま放尿して、相当に興奮と快感を高めたのか、挿入をねだってきた。

やがて文彦は舌を引っ込め、股間から身を離して添い寝した。

「入れる前に舐めて濡らして」

言うと彼女も自分から顔を寄せ、すっかり回復している亀頭にしゃぶり付いてくれた。たっぷりと生温かく清らかな唾液にまみれると、文彦も待ちきれないほど高まっていった。

「じゃ、上から跨いで入れて。痛かったら止めていいから」

「ええ……」

仰向けになって文彦が言うと、千歳も答え、ためらいなく身を起こして彼の股間に跨がってきた。

唾液に濡れた先端に割れ目を押し付け、位置を定めると意を決して唇を引き締め、ゆっくり腰を沈めながら膣口に受け入れた。

張り詰めた亀頭が潜り込むと、あとはヌルヌルッと滑らかに根元まで嵌まり込んでいった。

「アアッ……！」

千歳が顔を仰け反らせて喘ぎ、完全に座り込んで股間を密着させた。

文彦もきつい締め付けと心地よい肉襞の摩擦、熱いほどの温もりと潤いに包まれながら快感を噛み締めた。

両手を伸ばして抱き寄せると、彼女もゆっくり身を重ねてきた。

「大丈夫？」

「ええ、思っていたより痛くなくて、何だかすごく気持ちいい……」

気遣って囁いたが、千歳は健気に答えた。

やはり彼のパワーに影響され、破瓜の痛みはないようだった。

文彦は僅かに両膝を立てて彼女の尻を支え、試しにズンズンと小刻みに股間を突き上げはじめた。

「あう……、奥まで響くわ……」

千歳が言い、息づくような収縮を繰り返し、新たな愛液を漏らして動きを滑らかにさせた。これなら勢いを付けても大丈夫だろう。彼も突き上げを強めながら、下から唇を重ねていった。

ぷっくりした唇はグミ感覚の弾力があり、唾液の湿り気も心地よく伝わった。

舌を挿し入れて滑らかな歯並びを左右にたどると、彼女も舌を触れ合わせて蠢かせてくれた。

滑らかな舌を舐め回し、さらに突き上げを繰り返しながら彼女の喘ぐ口に鼻を押し込んで嗅いだ。やはり三十五歳のときの花粉臭と違い、十七歳の今は甘酸っぱい果実臭が感じられた。

もちろんさっき飲んだザーメンの生臭い匂いなどは残らず、彼は可愛らしい息の匂いに激しく高まった。

「ね、唾を垂らして……」

言うと千歳も懸命に唾液を分泌させて溜め、愛らしい口をすぼめて迫り、白っぽく小泡の多い粘液をトロトロと吐き出してくれた。

それを舌に受けて味わい、うっとりと喉を潤して酔いしれた。

さらに千歳の口に鼻を擦りつけると、彼女もチロチロと舐めてくれ、文彦は唾液と吐息の匂いに激しく高まってしまった。

「い、いく……！」

彼は口走り、大きな快感とともに、ありったけのザーメンをドクンドクンと勢いよく内部にほとばしらせてしまった。

「あう、熱いわ。いい気持ち……」

奥に噴出を感じた千歳が言い、まるで彼の快感が伝わったようにヒクヒクと肌を震わせた。まだ完全なオルガスムスではないが、痛みがないだけ充分であり、もう間もなく本当の快感に目覚めることだろう。

「ああ、気持ちいい……」

文彦は快感を味わいながら口走り、心置きなく最後の一滴まで出し尽くしてしまった。そして満足しながら突き上げを弱めてゆき、グッタリと力を抜いて四肢を投げ出していった。

「ああ……、これがセックスなのね……」

千歳も声を洩らし、肌の強ばりを解いて体重を預けてきた。

息づく膣内に刺激され、ヒクヒクと幹が過敏に跳ね上がった。

「あう、まだ動いてる……」

千歳も味わうようにキュッキュッと締め上げ、文彦は美少女の甘酸っぱい息を間近に嗅ぎながら、うっとりと快感の余韻に浸り込んでいった。

やがて呼吸を整えると、千歳がそろそろと股間を引き離してゴロリと横になった。

文彦は枕元のティッシュを取り、手早くペニスを拭ってから身を起こし、彼女の股間に潜り込んだ。

処女を失ったばかりの割れ目は、それほど痛々しい様子もないが、膣口から逆流するザーメンに少量の血が混じっていた。やはり痛みはなくても、初めての挿入で僅かに切れたのだろう。

優しく拭いてやって、彼は再び添い寝していった。

「やっぱり、科学者だわ……。祖父の研究を引き継ぎたいから……」

千歳は先程のセックスで体内に宿ったパワーにより、自分の行く末を決意したようだった。

まだ彼女の祖父である貴一郎は存命しているが、父親は平凡な公務員である。

「神様は、いつまでも、この家にいる？」

「いや、もしかしたら、あと一週間ほどで何か異変があって姿を消すかも」

千歳なら構わないだろうと思い、文彦は言った。

「まあ、どうして……。まさか月から迎えが来るとか」

彼女も、月野家とかぐや姫の関わりは知っているようだ。

「わけは言えないし、僕自身、よく分かっていないんだ」

「そう……、また会えるのかしら……」

「それは、確実に会えるよ」

「それならいいわ」

千歳は安心したように言い、やがて起き上がって身繕《みづくろ》いをしたのだった。

5

「また来ちゃったわ……」

数日後の夜半、千歳が奥座敷に来て文彦に言った。そろそろ自分の産まれるタイムリミットも近いので、文彦も遣《や》り納めという感じで激しく欲情した。

寝しなだから、千歳はパジャマ姿である。

しかも甘ったるい体臭が感じられるので今夜は入浴しておらず、どうやら彼女は朝シャワーの習慣らしい。

すぐにも文彦は全裸になり、勃起したペニスを晒《さら》して仰向けになった。

大人になった千歳にはまた会えるだろうが、恐らく少女時代は今夜が最後になりそうである。

彼女も、初回の快感が忘れられないようで、すぐにもパジャマと下着を脱ぎ去り、全裸になって迫ってきた。

「ね、僕の顔に足を乗せて」

「いいの？　罰が当たらないかしら……」

言うと千歳は好奇心いっぱいに答え、彼の顔の横に立つと壁に手を突いて、そろそろと片方の足を浮かせ、そっと顔に乗せてくれた。

「ああ、変な気持ち……」

千歳は言い、文彦は美少女の生温かな足裏を顔中に受けて陶然となり、舌を這わせた。指の股に鼻を割り込ませて嗅ぐと、今日もそこは汗と脂にジットリ湿り、ムレムレの匂いが濃く沁み付いていた。

文彦は、美少女の足の匂いを存分に嗅いでから爪先をしゃぶり、順々に指の間に舌を挿し入れて味わった。

「あう、くすぐったいわ……」

千歳は呻き、思わずキュッと体重をかけてきた。

彼はもう片方の足も味と匂いが薄れるほど貪り尽くし、顔に跨がらせた。

「しゃがんで」

真下から言うと、千歳もゆっくりと和式トイレスタイルでしゃがみ込み、脹ら脛と内腿をムッチリ張り詰めさせて脚をM字にさせ、濡れはじめている割れ目を彼の鼻先に迫らせてきた。

ぷっくりした割れ目からはみ出す陰唇が僅かに開き、蜜の滲む膣口と光沢ある真珠色のクリトリスが覗いていた。

腰を抱き寄せて若草に鼻を埋めると、また生ぬるく甘ったるい汗とオシッコ、そしてチーズ臭が混じり合い、悩ましく鼻腔を刺激してきた。

文彦は美少女の割れ目の匂いを貪り、胸を満たしながら舌を挿し入れ、淡い酸味のヌメリを掻き回しながら、膣口からクリトリスまで舐め上げていった。

「あん……！　いい気持ち……」

千歳が熱く喘ぎ、両足を踏ん張りながら座り込まないよう気を遣ってくれた。

文彦は美少女の味と匂いを堪能し、白く丸い尻の真下に潜り込んでいった。

顔中に双丘を受け止め、谷間の蕾に鼻を埋め込んで嗅ぐと、今日もビネガー臭に似た秘めやかな微香が籠もって胸に沁み込んできた。

匂いを貪ってから舌を這わせ、襞を濡らしてヌルッと潜り込ませ、うっすらと甘苦い味覚を探った。

「あう……、ダメよ、汚いのに……」

割れ目は良くても、やはり尻のほうは羞恥が強いようで、彼女は呻きながら肛門でキュッと舌先を締め付けてきた。

やがて文彦は舌を移動させ、愛液が大洪水になっている割れ目に戻ってヌメリをすすり、クリトリスを舐め回した。

「もうダメ、今度は私がしてあげる……」

千歳が絶頂を迫らせたように言って股間を引き離し、仰向けの彼の上を移動して、股間に腹這いになった。

「こうして」

千歳は言って彼の両脚を浮かせ、尻の谷間を舐め回してくれた。

文彦は食事と排泄は普通だし、入浴もしているが、やはりパワーによる自浄作用が強いのか、常に清潔になっているので安心だった。

彼女も熱い鼻息で陰嚢をくすぐりながら、チロチロと肛門を舐めてくれ、ヌルッと潜り込ませてきた。

「く……」

文彦は美少女の舌先を肛門で締め付けて呻き、中で蠢く快感を味わった。

千歳は脚を下ろして舌を離し、そのまま陰嚢を舐め回して睾丸を転がし、肉棒の裏側を舐め上げてきた。

滑らかな舌が先端まで来ると、粘液の滲む尿道口を舐め、張り詰めた亀頭をしゃぶってスッポリと喉の奥まで呑み込んでくれた。

熱い鼻息が恥毛をくすぐり、幹を締め付けて吸い、口の中ではクチュクチュと舌が満遍なくからみついて肉棒を唾液に濡らした。

「ああ、気持ちいい……」

文彦は快感に喘ぎ、ヒクヒクと幹を震わせて絶頂を迫らせた。

彼女は何度か顔を小刻みに上下させ、スポスポと唇で摩擦してからチュパッと引き離した。

「ね、今度は上から入れて……」

彼女が言って仰向けになってきたので、文彦は入れ替わりに身を起こした。

千歳を大股開きにさせて股間を進め、先端を濡れた割れ目に擦り付け、ゆっくりと膣口に挿入していった。

張り詰めた亀頭が潜り込むと、あとはヌルヌルッと滑らかに根元まで吸い込まれ、彼はきつい締め付けと肉襞の摩擦を味わった。

「アアッ……！」

千歳が熱く喘ぎ、両手を伸ばしてきた。

文彦も股間を密着させ、温もりと感触を味わいながら両脚を伸ばし、身を重ねていくと彼女が下からしがみついてきた。

まだ動かず、彼は屈み込んでピンクの乳首を含んで舐め、もう片方も吸いながら顔中で膨らみを味わった。

腋の下にも鼻を埋め、甘ったるい汗の匂いで胸を満たすと、待ちきれないように彼女がズンズンと股間を突き上げてきた。

まだ二度目だが、千歳も相当に成長が早いようで、もう大人と同じ快楽が得られているようだった。

文彦も徐々に腰を突き動かしはじめ、上から唇を重ねていった。

ぷっくりした弾力が伝わり、彼は舌を挿し入れてからみつけ、美少女の生温かくトロリとした唾液を味わった。

次第に律動を早めていくと、溢れる愛液に動きが滑らかになり、クチュクチュと湿った摩擦音が聞こえてきた。

「アア……、いい気持ち……」

千歳が口を離して喘ぎ、彼は湿り気ある美少女の吐息で鼻腔を満たした。

今日も彼女の口からは甘酸っぱい果実臭が熱く洩れ、まだ寝しなの歯磨きもしていないようで、夕食の名残のオニオン臭も微かに混じり、その刺激がゾクゾクと彼の胸を酔わせた。

「い、いきそうよ……」

千歳が声を震わせて言った。前回では不完全だった本格的なオルガスムスの波が、ジワジワと押し寄せてくるのを感じているようだ。

膣内の収縮も活発になり、遠慮なくもたれかかると千歳も下からズンズンと股間を突き上げ、コリコリする恥骨の膨らみも彼の股間に擦り付けられた。

文彦も絶頂を迫らせ、股間をぶつけるように激しく突き動かした。

すると、千歳がブリッジするように身を反り返らせ、潮を噴くように大量の愛液を漏らしたのだ。

「き、気持ちいいわ……、アアーッ……！」

彼女はそう口走るなり、ガクガクと狂おしく股間を跳ね上げて、たちまちオルガスムスに達してしまった。

同時に文彦も、収縮の渦に巻き込まれながら昇り詰め、ありったけの熱いザーメンをドクンドクンと勢いよく内部にほとばしらせたのだった。

「あう、熱いわ、もっと……！」

噴出で駄目押しの快感を得た千歳が呻き、貪欲にザーメンを飲み込むようにキュッキュッと締め付けてきた。

文彦も、甘酸っぱい息を嗅ぎながら心ゆくまで快感を嚙み締め、最後の一滴まで出し尽くしてしまった。

すっかり満足しながら徐々に動きを弱め、体重を預けていくと、

「ああ……、すごい……」

千歳も声を洩らし、肌の硬直を解いてグッタリと四肢を投げ出していった。

まだ膣内が息づき、刺激されたペニスがヒクヒクと過敏に震えた。

文彦はもたれかかり、喘ぐ彼女の口に鼻を押し込み、熱い果実臭の息を胸いっぱいに嗅ぎながら、うっとりと快感の余韻に浸り込んでいった。

「気持ち良かったわ……、溶けてしまうかと思うほど……」

千歳が息も絶えだえになって言い、いつまでもヒクヒクと肌を波打たせていた。

文彦も呼吸を整えて股間を引き離し、ゴロリと横になった。

すると千歳がティッシュで自分の割れ目を拭い、身を起こして屈み込むと、愛液とザーメンに濡れた亀頭にしゃぶり付いてくれたのだ。

「あう……」

その行為に彼は呻いたが、我慢して彼女の舌で綺麗にしてもらった。

「美味しい……。この前、初体験してから、授業も先の方まで理解できるし、体育も

誰より速く動けるようになったのよ……」

千歳が言い、すっかりヌメリを舐め取ってから身繕いをした。

「この後、しばらくはお別れになるかも知れないって、お爺ちゃんが言ってたわ」

「そう……」

やはり貴一郎も、文彦本人の誕生日が近づいているので察しているようだ。

「じゃ、お部屋へ戻るわね。また会いましょう」

千歳は言って、奥座敷を出ていった。

文彦は全裸のまま余韻を味わっていたが、ふと自分の手のひらが透けていることに気づいた。

「消えようとしている。いよいよ僕が生まれるのか……」

文彦は、次第に薄らいでゆく自身を見ながら呟き、やがて意識を失ってしまったのだった……。

第四章　女教師の蜜は熱く溢れ

1

「うわ、危ない……」

高校の正門への道を渡ろうとしていた文彦は、けたたましいクラクションで慌てて後退した。

すると彼の目の前を猛スピードで車が行き過ぎていき、そこで文彦は思い出した。

(これは、あの日だ。最初に千歳さんに会った……)

彼の脳裏には、生まれてから今日までの十八年間の記憶があった。

同時に、それ以前の千年間の記憶も甦ってきたのである。そう、とうとうこの日まで戻ってきたのだ。

あの日、奥座敷で身体が透けて消滅し、それ以降の自分は、生まれてから今日までの十八年間を前回と同じように過ごし、いきなり今日、全てを自覚したのだった。

「お帰り。ご苦労様」

と、三十五歳の千歳が声をかけてきた。

「あ……、千歳さん」

「千年ぶりね。多くの体験をしてきたでしょう」

彼女が笑顔で言う。

十七歳の頃の面影もあるが、やはり洗練された超美女であった。

そう、あの時に「ちょっと時間を」と言われてから、千年経ってしまったのである。

「かぐや姫の子供は？」

「元気よ。もっとも私も昨日に戻ってきたばかりだけれど。名は、香具夜《かぐや》」

「かぐや……」

「積もる話もあるので、明日の土曜、ルナ機関に来て」

そう言い、千歳は車に戻っていった。

走り去る車を見送り、文彦は道路を渡って登校した。

すると、いきなり下駄箱で不良の酒井良治と岡田順二が言い寄ってきた。

「おい、さっきの美女は誰だ」

「ああ、お前らには関係ない」

「何だと！」

文彦が素っ気なく言うと、二人は気色《けしき》ばんで摑みかかってきた。

その二人の腕を摑んで捻り上げると、二人とも苦痛に顔を歪めて膝を突いた。

何しろ月世界人のパワーがあるし、千年間も武道の一人稽古をしてきたのだから、誰も文彦に敵《かな》わないだろう。

「い、いてて……、何しやがる……」

「そうだ。今まで使い走りで立て替えた分、合計で十万飛んで四百二十円になっている。端数はいいから、月曜までに二人で十万持ってこい」

「な、何だと……、いててて……」

「早く返事をしろ。腕がへし折れるぞ」

「わ、分かった……」

言われて、文彦は二人から手を離した。

「てめえ……！」

すると二人とも、捻られた腕を押さえながらも同時に蹴りを飛ばしてきたのだ。

文彦は咄嗟に良治の身体を抱えて入れ替えると、二人は見事に互いの向こう脛を蹴り合って倒れた。

「く……！」

二人は腕と片足を痛めて尻餅を突き、すぐには立ち上がれなかった。

「バカで弱いんだから小さくなってろ。虫ケラめ」

「な、なに……」

「畜生より格下の虫だと言ったんだ。月曜に金を持ってくるまで話しかけるな。これは命令だ」

文彦は二人を睨《にら》み下ろして言い、上履きに履き替えてさっさと階段を上がっていった。そして教室に入ったが、さすがにやけに懐かしい気がした。昨日も来ているのだが、何しろ千年分の記憶もあるのだ。

やはり人間の脳は、千年分の記憶の量で壊れるほどチャチなものではなかったようだ。いや、これも月世界人のパワーがあるから、普通にしていられるのかも知れない。

思いを寄せる山辺沙貴も登校していて、どことなく楓に似た顔立ちに文彦は思わず股間を熱くさせてしまった。

そしてホームルームが始まり、担任の小野亜佐美が入ってきた。

二十五歳のメガネ美女で、知的に顔立ちは整っているが、ブラウスのボタンがはち切れそうな巨乳である。

出席を取りながら、ふと目が合うと、

（あら……？）

と亜佐美は怪訝《けげん》そうな表情を一瞬した。やはり文彦に、昨日までと違う何かを感じ取ったのかも知れない。

彼もまた激しく勃起していた。

千歳は月世界人のパワーをもらっているので、彼女も含めて、昨日までは全て異世界の住人とだけ付き合ってきたようなものだ。

だから、普通の世界の沙貴や亜佐美がやけに新鮮に映り、今のパワー満々の自分なら、彼女たちにも容易に手が届くということが嬉しくてならなかった。

そして授業も、高校生だった千歳が言ったように、どの内容も先の先まで理解できてしまった。

この分なら東大にも入れて、両親や周りの人間は驚くことだろう。期末テストが終わったばかりの時期で二学期の成績も出ているから、今から東大受験というのも間に合うかどうか分からないが、そこは月世界人のパワーでどうにでもなりそうだった。

そして午前中の授業を終えると、彼は学食で昼食を取り、続いて午後の授業を済ませた。

当然、良治や順二たちも文彦を気味悪く思ったか、いつものような使い走りは頼んでこなかった。

しかし友人たちは受験態勢に入っているし、特に親しく話すものもいないので、それほど彼の変化に気づく人間は多くなかっただろう。

放課後、彼は亜佐美が下校するのを待ち、偶然を装って話しかけた。

「先生、さようなら」

「あ、加賀くん。どうしたの、今日は一体」

言うと、亜佐美も朝から思っていた疑問を口にした。

「どうって、いつも通りのつもりですけど」

「授業が良く理解できていて……、他の先生も言っていたわ。ううん、授業ばかりじゃなく、何となく雰囲気が変わったというか」

亜佐美が、メガネの奥から熱い眼差しで彼を見て言った。

「話すと長くなるので、これから先生の家に行ってもいいですか」

「え……、い、いいけれど……」

亜佐美が少し戸惑いながらも、頷いてくれた。これも彼のパワーによる影響で、早くも性的興奮が伝わりはじめているのかも知れない。

もちろん文彦は、千年にわたる話をするつもりはない。

「じゃ行きましょう」

彼は言い、一緒にバスに乗り、亜佐美の住むハイツの近くで降りた。

亜佐美も少々周囲を気にしながら、一階にあるドアを開け、急いで彼を招き入れてくれた。

入ると、中は清潔なキッチンと、奥に六畳のリビング兼勉強部屋、四畳半の寝室があった。そして室内には、生ぬるく甘ったるい女教師の体臭が艶《なま》めかしく籠もっていた。

文彦は、すぐにも彼女の手を引いて寝室に入った。

「ま、待って……、話があるんでしょう？」

「うん、先生に、僕の童貞を奪って欲しいんです……」

ためらう亜佐美に、文彦は勃起しながら言った。何しろ、この肉体は一度消えてから再生したものなので、まだ無垢《むく》なのである。

「そ、そんなの無理よ……」

「でも、高校生のうちに、綺麗な亜佐美先生と初体験するのが夢だったし、来年に入ると自由登校になってしまうから」

文彦がパワー全開にして迫ると、みるみる亜佐美の心身から力が抜けてゆく様子が手に取るように分かった。

「誰にも内緒よ……」

「もちろんです。じゃ脱ぎましょう」

「その前に、シャワーを……」

「いいえ、先生の自然のままの匂いを知りたいという夢もあったので」

文彦は言って、彼女のブラウスのボタンを外しはじめた。

2

「ああ、困ったわ……」

亜佐美は言いながらも、彼のパワーに押され、諦めたように途中から自分で脱ぎはじめてくれた。

文彦も手早く服を脱ぎ去り、全裸になって先にベッドに横になった。

枕には美人教師の汗や涎《よだれ》だろうか、悩ましい匂いが濃厚に沁み付いて、その刺激が胸からペニスに伝わってきた。

やがて亜佐美も彼に背を向け、モジモジと最後の一枚を下ろし、白く豊満な尻を突き出してきた。

そしてメガネを枕元に置き、裸を見られるのを恥じらうように、急いで隣に滑り込んできたので、文彦は彼女の腕をくぐり、甘えるように腕枕してもらった。

「ああ、嬉しい。こんな日が来るなんて……」

憧れの美人教師に抱かれ、文彦は感激と興奮に包まれた。何しろ、この肉体はまだ童貞なのである。

メガネを外した彼女は、モデルのように整った顔をしていた。

腋《わき》の下に鼻を埋めると、スベスベの窪みがジットリと生ぬるく湿り、何とも甘ったるい汗の匂いが馥郁《ふくいく》と鼻腔を刺激してきた。

昔の女性を相手にしてきたので、腋毛がないのは物足りないが、現代でも充分すぎるほど匂いが濃いので激しく興奮が高まった。

「先生、いい匂い」

「あう、ダメ……」

腋を嗅いで舌を這わせながら言うと、亜佐美がビクッと反応して呻いた。

文彦は充分に胸を満たしてから滑らかな肌を移動し、豊かな乳房に顔を埋め込んでいった。

チュッと乳首に吸い付いて舌で転がし、顔中を柔らかな膨らみに押し付けて感触を味わった。そしてもう片方にも手を這わせると、

「アア……、生徒とするなんて……」

亜佐美が喘ぎながら言った。僅かに残るためらいが逆に興奮と快感を高めているようだった。

二十五歳というからには、学生時代から一人や二人の男は知っているだろう。それでも室内を見る限り、今は訪ねてくるような男の気配は感じられず、肉体は快感を知っていても特定の彼氏はいない時期のようである。

文彦は左右の乳首を交互に含んで舐め回し、やがて白く滑らかな肌を舐め降りていった。

形良い臍《へそ》を舐め、腹部に顔を押し付けると心地よい弾力が伝わってきた。

もちろんすぐに股間には向かわず、張り詰めた下腹から豊満な腰のライン、ムッチリした太腿へ移動し、スラリとした脚を舌でたどっていった。

脛もスベスベで、足首まで行くと足裏に回り込み、踵から土踏まずを舐め、縮こまった指に鼻を押し付けて嗅いだ。

やはり今までの他の女性と同じく、指の股は生ぬるい汗と脂に湿り、蒸れた匂いが悩ましく沁み付いていた。

美人教師の足の匂いを胸いっぱいに嗅いでから、爪先にしゃぶり付いて順々に舌を割り込ませると、

「あう、ダメよ、汚いから……」

亜佐美が朦朧として呻き、唾液に濡れた指で舌先を挟み付けてきた。

文彦は湿り気を味わい、もう片方の足も味と匂いを貪り尽くしてから、彼女を大股開きにさせ、脚の内側を舐め上げていった。

白く滑らかな内腿をたどり、股間に迫ると熱気と湿り気が感じられた。

見ると黒々と艶のある恥毛が程よい範囲でふんわりと茂り、割れ目からはみ出した陰唇はヌメヌメと愛液に潤っていた。

指を当ててそっと左右に広げると、

「く……！」

触れられた亜佐美が息を詰めて呻き、ビクリと内腿を緊張させた。

中は綺麗なピンクの柔肉で、全体が愛液にまみれ、膣口に息づく花弁状の襞が何とも艶めかしかった。

ポツンとした尿道口もはっきり見え、包皮の下からは小指の先ほどもあるクリトリスが光沢を放ってツンと突き立っていた。

「ああ、見ないで……」

亜佐美が彼の熱い視線と息を感じ、ヒクヒクと下腹を波打たせて喘いだ。

相手が無垢で、生徒ということも大きな興奮になっているだろう。

文彦も指を離し、吸い寄せられるように顔を埋め込んでいった。

柔らかな茂みに鼻を擦りつけて嗅ぐと、やはり腋に似た甘ったるい汗の匂いが濃厚に沁み付き、それにほのかな残尿臭の刺激も鼻腔を掻き回してきた。

「いい匂い」

「あう……！」

文彦が思わず言うと亜佐美が呻いて、キュッときつく内腿で文彦の両頬を挟み付けてきた。

舌を挿し入れ、生ぬるく淡い酸味のヌメリを掻き回し、膣口からクリトリスまでゆっくり舐め上げていくと、

「アアッ……、加賀くん……！」

亜佐美がビクッと身を反らせて喘ぎ、さらにヌラリと新たな愛液を溢れさせた。

彼は美人教師の味と匂いを貪り、さらに両脚を浮かせ、白く豊満な尻の谷間に迫っていった。

谷間の蕾は、ややレモンの先のように突き出た艶めかしい形で、ギャップ萌えのような興奮が湧いた。クラスの誰も、亜佐美の肛門がこのような形をしているなど知らないだろう。

鼻を埋め込むと、淡い汗の匂いに混じり、ほのかに生々しい微香が感じられた。

このハイツもシャワートイレだろうが、一日じゅう学校にいればトイレのとき気体が漏れることもあるだろう。まして文彦は常人の何倍もの五感を持っているから、その残り香が充分に感じられた。

彼は美人教師の匂いを貪り、顔中を双丘に密着させながら、チロチロと舌を這わせて襞を濡らし、ヌルッと潜り込ませて滑らかな粘膜を探った。

「く……、ダメよ……」

亜佐美が驚いたように息を詰めて呻き、キュッときつく肛門で彼の舌を締め付けてきた。

文彦は淡く甘苦いヌメリを掻き回すように舌を蠢《うごめ》かせ、ようやく脚を下ろして舌を引き離し、再び愛液が大洪水の割れ目に戻ってクリトリスに吸い付いた。

「も、もうやめて……、お願い……」

亜佐美が言って腰をよじり、彼の顔を股間から追い出した。

文彦も仰向けになって、亜佐美の顔を股間へと押しやると、彼女も素直に移動してペニスに迫った。

セミロングの髪がサラリと股間を覆い、中に熱い息が籠もり、亜佐美は自分から粘液の滲む尿道口に舌を這わせ、亀頭にしゃぶり付いてくれた。

「ああ……」

文彦も快感と感激に喘ぎ、仰向けの受け身体勢になって股を開いた。彼女もくわえながら真ん中に腹這い、熱い鼻息で恥毛をそよがせながら、スッポリと根元まで呑み込んできた。

美人教師の口の中は熱く濡れ、彼女は幹を丸く締め付けて吸い、口の中ではクチュクチュと舌を蠢かせてくれた。

たちまちペニス全体は生温かな唾液にまみれて震え、彼はズンズンと股間を突き上げ、唇の摩擦にうっとりとなった。

さすがに童貞の肉体は感度が良く、すぐにも絶頂が迫ってきた。

「ンン……」

何度か喉の奥を突かれると亜佐美は呻き、やがてスポンと口を引き離した。

「ね、先生、跨《また》いで上から入れて……」

言うと、すっかり朦朧となっている彼女も身を起こし、そろそろと前進して彼の股間に跨がってきた。

先端に割れ目を押し当て、ゆっくり腰を沈めると、屹立したペニスはヌルヌルッと心地よい肉襞の摩擦を受けながら、完全に根元まで呑み込まれていった。

「アア……！」

完全に座り込んだ亜佐美が顔を仰け反らせて喘ぎ、密着した股間をグリグリと擦り付けてきた。

「先生、メガネをかけて……」

文彦が言い、枕元にあったメガネを手に取って渡すと、彼女も受け取ってかけてくれた。するといつもの美人教師の顔に戻り、彼は興奮を高めながら両手を伸ばし、彼女を抱き寄せていった。

亜佐美も身を重ね、彼の胸に巨乳を密着させてきた。

文彦は両手を回してしがみつき、僅かに両膝を立てて尻の感触を味わった。

彼は亜佐美の顔を引き寄せて唇を重ね、柔らかな感触と唾液の湿り気を味わい、舌を挿し入れていった。

滑らかな歯並びを左右にたどると、彼女も怖《お》ず怖ずと歯を開いて舌を触れ合わせ、チロチロとからませはじめてくれた。

文彦は生温かな唾液にトロリと濡れた、美人教師の舌を舐め回しながら、快感に任せてズンズンと股間を突き上げはじめた。

3

「アアッ……、か、感じる……」

亜佐美が口を離して熱く喘ぎ、彼は吐き出される湿り気ある息を嗅いだ。

それはシナモンのように妖しい刺激を含み、悩ましく鼻腔を掻き回してきた。

文彦は彼女の口に鼻を擦りつけ、唾液と吐息の混じった匂いを貪りながら、次第に股間の突き上げを激しくさせていった。

愛液が大量に溢れて動きが滑らかになり、クチュクチュと淫らな音が響いた。

彼の陰嚢から肛門の方にまで生温かな愛液が伝い流れ、彼女も合わせて腰を動かしはじめていた。

「ね、もっと唾を垂らして……」

「で、出ないわ……」

下からせがむと、亜佐美は言いながらも懸命に唾液を分泌させ、形良い唇をすぼめると、白っぽく小泡の多い唾液をクチュッと吐き出してくれた。

それを舌に受けて味わい、うっとりと喉を潤して酔いしれ、彼は突き上げを強めていった。

「顔中も舐めて……」

顔を引き寄せて言うと、亜佐美も快感で朦朧となって従い、彼の鼻筋から頬を舐め回してくれた。

それは舐めるというより、滴《したた》らせた唾液を舌で塗り付けるという感じで、たちまち彼の顔中は美人教師の清らかな唾液でヌルヌルにまみれた。

「ああ……、いきそう……」

彼は亜佐美の匂いに包まれながら喘ぎ、肉襞の摩擦の中で絶頂を迫らせていった。

すると、先に彼女の方が絶頂を迎えてしまったのである。

「い、いく、すごいわ……、アアーッ……！」

声を上ずらせ、ガクガクと狂おしい痙攣を開始するなり、彼女はグリグリと激しく股間を擦り付けて収縮を高めた。

粗相《そそう》したように大洪水になった愛液が、互いの股間をビショビショにさせると、続いて文彦も昇り詰めてしまった。

「く……！」

突き上がる大きな快感に呻くと、彼は熱い大量のザーメンをドクンドクンと勢いよく内部にほとばしらせ、柔肉の奥深い部分を直撃した。

「ヒッ……、熱いわ……！」

亜佐美が噴出を感じて息を呑み、駄目押しの快感に全身を硬直させた。

文彦は股間をぶつけるように突き上げながら快感を味わい、心置きなく最後の一滴まで出し尽くしていった。

満足して突き上げを弱めていくと、

「ああ……」

亜佐美が、精根尽き果てたように声を洩らし、いつしか肌の強ばりを解いてグッタリと身体を預けてきた。

文彦も完全に力を抜いて彼女の重みと温もりを受け止め、まだ息づく膣内でヒクヒクと過敏に幹を跳ね上げた。

そして美人教師の吐き出す熱く甘い刺激の息を胸いっぱいに嗅ぎながら、うっとりと快感の余韻を味わったのだった。

「とうとう、しちゃったわ……」

亜佐美が息を弾ませながら呟き、やがてそろそろと股間を引き離した。

文彦も身を起こし、ティッシュの処理をせず、そのまま彼女の手を引いてベッドを降り、バスルームへ移動した。

彼女はシャワーの湯を出して浴びると、ほっとしたように浴室内にある椅子に座り込んだ。

文彦も股間を洗い流し、もちろん例のものを求めてしまった。

「ね、先生、ここに立って」

彼は床に座って言い、目の前に亜佐美を立たせ、片方の足を浮かせてバスタブのふちに乗せさせた。

「どうするの……」

「オシッコしてみて」

彼は答え、開いた股間に顔を埋め込んだ。

もう悩ましかった匂いは薄れてしまったが、舐めると新たな愛液が溢れて舌の動きが滑らかになった。

「そ、そんなこと出来ないわ……」

「少しでいいから」

彼は答え、執拗に舌を這わせてヌメリをすすった。

「あう……、吸ったら、本当に出ちゃう……」

亜佐美が息を詰めてか細く言い、それでも尿意を高めはじめたようだ。やはり彼の体液を吸収しているから、彼の性癖に操られはじめているのだろう。

そして舐めているうちに柔肉が迫り出すように盛り上がり、たちまち味わいと温もりが変化していった。

「で、出るわ、離れて……」

亜佐美が言うと同時に、チョロチョロと熱い流れがほとばしってきた。

彼は口に受けて味わい、嬉々として喉に流し込んだ。味も匂いも実に淡く、何の抵抗もなく飲み込めた。

それでも溢れた分が口から溢れ、胸から肌に温かく伝い流れ、すっかりムクムクと回復したペニスが心地よく浸された。

「アア……」

亜佐美が膝をガクガク震わせながら喘ぎ、それでも出しきったか、間もなく流れは治まってしまった。

文彦は割れ目に口を付けて余りの雫《しずく》をすすり、残り香の中で割れ目内部を舐め回した。すると、新たな愛液がトロトロと溢れ、淡い酸味のヌメリが内部いっぱいに満ちていった。

「も、もうダメ……」

亜佐美が言って足を下ろし、クタクタと座り込んでしまった。

文彦は抱き留め、もう一度互いの全身をシャワーの湯で洗い流し、支えながら立たせて身体を拭いてやった。

もちろんペニスは完全に元の硬さと大きさを取り戻しているので、もう一回射精しないことには治まらず、全裸のままベッドに戻った。

「ね、また勃《た》っちゃった……」

「も、もうダメよ、動けなくなりそう……」

肌をくっつけてせがむと、亜佐美が力なく嫌々をした。さっきのオルガスムスで、精根尽き果て、しかも教え子とセックスした衝撃も治まらないようだった。

「じゃ指でして……」

言って亜佐美の手をペニスに導くと、すぐに彼女もニギニギと愛撫してくれた。

「ああ、気持ちいい……」

彼は喘ぎながら幹を震わせ、亜佐美の口に鼻を押し込み、シナモン臭の艶めかしい吐息を嗅いで鼻腔を刺激された。

そして充分に高まって絶頂が迫ると、文彦は亜佐美の顔を股間に押しやった。

「ね、お願い、飲んで……」

言うと、彼女も顔を移動させて張り詰めた亀頭をしゃぶり、股間に熱い息を吐きかけながらスッポリと根元まで呑み込んでくれた。

彼が仰向けの受け身体勢になると、亜佐美も本格的に股間に腹這い、顔を小刻みに上下させ、スポスポと強烈な摩擦を繰り返しはじめた。

「あうう、いきそう……」

文彦も股間を突き上げながら、唾液にまみれたペニスを震わせて呻いた。

そして二度目の絶頂を迎え、彼は溶けてしまいそうな大きな快感に全身を包み込まれた。

「い、いく……、あぁッ……！」

絶頂と同時に声を洩らし、ありったけの熱いザーメンがドクンドクンと勢いよくほとばしると、

「ク……、ンン……」

喉の奥に噴出を受けた亜佐美が小さく呻き、それでも摩擦と吸引、舌の蠢きを続行してくれた。

文彦は快感に身悶え、最後の一滴まで出し尽くして力を抜いていった。

グッタリと身を投げ出すと、亜佐美も動きを止め、亀頭を含んだまま口に溜まったザーメンをゴクリと飲み干してくれた。

「あう……」

嚥下《えんげ》とともに口腔がキュッと締まり、彼は駄目押しの快感に呻いてピクンと幹を震わせた。

ようやく彼女もスポンと口を引き離すと、他の女性の例に洩れず、彼のザーメンを美味しく感じたようで、尿道口に脹らむ余りの雫まで丁寧にペロペロと舐め取ってくれたのだった。

「く……、も、もういいです、有難うございました……」

文彦は過敏に幹をヒクヒクさせ、腰をよじって言った。

亜佐美も大仕事でも終えたように太い息を吐き、再び添い寝してきた。

文彦は甘えるように腕枕してもらい、白く柔らかな巨乳に顔を埋めて荒い呼吸を整えた。

そして美人教師の生ぬるく甘い体臭に包まれながら、うっとりと余韻を噛み締めたのだった……。

4

「へえ、これが香具夜か……」

翌日の土曜、自転車でルナ機関を訪ねた文彦は、無菌室に入れられている赤ん坊を見て言った。もちろん自分の子という実感は湧かなかった。

「地球人との混血だから、三ヶ月で成人するかどうか分からないけど、注意して観察しているわ」

千歳が言う。

赤ん坊も、まだ千年前から連れてきて数日だから、それほど成長の兆しは見せていなかった。

「それにしても、十七歳のとき文彦くんに処女を捧げるとは思わなかったわ」

千歳が、香具夜から顔を上げ、文彦を見つめて言った。

「以前との、記憶の違いが分かるの？」

「ええ、私もまたあなたの体液を吸収しているから、理解度は同じぐらいだと思うわ。もっとも千年過ごした歳月は実感できないけど」

「僕も、何だかあっという間だったという感じです」

文彦は、地下室の隅にあるドーム型のタイムマシンを見て言った。

「岩笠は、どんな人だった？」

「武士らしく逞《たくま》しかったけど、顔立ちは貴一郎さんに似てますよ」

「そう、他には？」

「明治時代に、一回だけ上野浅草に行ったけど、誰とも話さず帰ってきました。大正の大震災はかなり揺れたけど、知っての通り屋敷に被害はなかったです」

文彦は答え、千歳の質問にも順々に包み隠さず答えた。

千歳にしてみれば、千年前に文彦と別れたきりだが、それは彼女にとって数日前である。しかし文彦は、三十五歳の彼女に会うのは一千年ぶりだから、どうしても懐かしくて顔や胸を見つめてしまった。

「それで、今のあなたの体液を採集したいのだけど」

千歳が言い、研究室の奥にあるベッドに彼を誘った。そこは、文彦が初体験をした場所である。

まず脱ぐ前に、文彦は彼女が差し出した容器に唾液を垂らした。さらに千歳は採血用の器具で、彼の耳たぶをパチッと挟んで血を採った。

「これにオシッコを」

言われて彼も手早く服を脱いで全裸になり、容器にペニスを挿し入れた。

しかし千歳との性交への期待に勃起しかかっているから、なかなか出なかった。なんとかチョロチョロと出して採尿を済ませた。

それらをケースにしまうと、千歳も服を脱いで一糸まとわぬ姿になり、熟れ肌を余すところなく晒した。

「ザーメンも採るなら、コンドームするの？」

「ううん、私の膣から採集するからいいわ」

言うと千歳が答え、彼をベッドに誘った。

「十七歳の私と、どっちがいい？」

「そ、それは、処女も初々《ういうい》しいけど、熟れた今の方が魅力ですよ」

訊かれて、文彦は答えた。

何と言っても、千歳は自分にとって最初の女性なのである。

そして彼は、今の千歳に激しく欲情した。例えば、若い頃の恋人と二十年近く経って再会するのは、こんな気分なのかも知れない。

「こっちへ戻ってすぐお風呂に入ったけど、あとは二日間そのままよ。その方が悦ぶと思って」

千歳が、彼の性癖をすっかり理解したように言い、文彦も、ムクムクと激しく勃起してきた。

「いいわ、好きなようにして。最後は、私の中で射精してくれればいいから」

千歳が言って身を投げ出してきたので、文彦はまず彼女の足の裏から顔を押し付けていった。

「あん、そんなところから？」

彼女が呆れたように言いながらも、されるままじっとしてくれていた。

文彦は美女の足裏に舌を這わせ、指の間に鼻を割り込ませて嗅いだ。

かぐや姫ほどではないが、それでも亜佐美より濃厚に蒸れた匂いが沁み付いて、悩ましく鼻腔を刺激してきた。

彼は美女の足の匂いを貪り、爪先にしゃぶり付いて順々に指の股に舌を挿し入れて味わった。

「アア……！」

千歳も熱く喘ぎ、彼の口の中で指を縮めた。

文彦は両足とも味と匂いが薄れるほど味わい尽くし、股を開かせて脚の内側を舐め上げていった。

白くムッチリした内腿に舌を這わせると、

「噛んでもいいわよ。すぐ治るのだから」

千歳が言い、文彦も大きく口を開いて内腿の肉を頬張り、歯を食い込ませてみた。

「ああ、いい気持ち……、もっと強く噛んで……」

彼女が喘いで言い、文彦も顎が痛くなるほど強く噛んだ。

口を離すと、唾液に濡れた歯形がみるみる消え失せていった。

文彦は割れ目に迫り、すでに濡れている陰唇を広げ、息づく膣口に舌を這わせはじめた。

生ぬるくトロリとした淡い酸味の愛液が溢れ、彼は膣口の襞を掻き回し、ゆっくり味わいながらクリトリスまで舐め上げていった。

「アアッ……、そこも嚙んでいいわ……」

不老不死の男の体液を吸収しているから、彼女も痛いぐらいの刺激の方が感じるようになっているのかも知れない。

文彦は包皮を剝くと前歯でキュッとクリトリスを挟み、チロチロと小刻みに舌を這わせた。

「あう、それいい……！」

千歳がビクッと反応して呻き、彼の顔を挟む内腿に力を込めた。

文彦も執拗に舌と歯で刺激を与えてから、彼女の両脚を浮かせて豊満な尻の谷間に鼻を埋め込んだ。

薄桃色の蕾には秘めやかな微香が籠もり、淡い刺激が鼻腔を満たしてきた。

匂いを貪ってから舌を這わせ、ヌルッと潜り込ませて滑らかな粘膜を探ると、

「アア……、いい気持ち……」

千歳が喘ぎながら、キュッキュッと肛門で舌先を締め付けてきた。

文彦は内部で舌を蠢かせ、再び脚を下ろして割れ目に戻り、大洪水になっている愛液をすすってクリトリスに吸い付いた。

「あぁッ……、も、もういいわ……」

絶頂を迫らせた千歳が言い、彼も股間から這い出して添い寝していった。

あらためて千歳の生ぬるく湿った腋の下に鼻を埋め、甘ったるい汗の匂いで胸を満たし、巨乳に手を這わせた。

充分に嗅いでから移動してチュッと乳首に吸い付き、顔中を膨らみに押し付けながら、もう片方を揉みしだいた。

考えてみれば、先日には十七歳の千歳を抱いて処女を頂き、今日は、同一人物である三十五歳の彼女に触れているのだ。

やがて左右の乳首を心ゆくまで愛撫すると、彼女が身を起こし、文彦を仰向けにさせた。

千歳が屈み込んで彼の乳首を吸い、舌を這わせ、キュッと歯を立ててきた。

「あう、もっと……」

文彦も強い刺激が欲しくなって言うと、彼女も遠慮なく噛み、左右の乳首を強烈に愛撫し、さらに肌を噛み締めながら下降していった。

大股開きにさせて真ん中に腹這い、千歳は内腿を舐め上げ、歯も食い込ませた。

「く……、気持ちいい……」

文彦は甘美な刺激に呻き、勃起したペニスをヒクヒク震わせた。

千歳も左右の内腿を遠慮なく嚙み、やがて股間に迫ると彼の両脚を浮かせ、尻の谷間を舐め回してくれた。

チロチロと肛門を舐め、充分に唾液に濡らすとヌルッと潜り込ませ、

「あう……」

文彦は呻きながら、モグモグと美女の舌先を肛門で味わうように締め付けた。

千歳は熱い鼻息で陰嚢をくすぐりながら、内部で執拗に舌を蠢かせ、ようやく脚を下ろすと陰嚢にしゃぶり付いてきた。

睾丸を転がして袋を唾液にまみれさせ、ようやく肉棒の裏側を舐め上げ、粘液の滲む尿道口を舐め回した。

十七歳の処女の頃と違い、あれから十八年、彼女は多くの男と体験してテクニックを磨いてきたのだろう。

張り詰めた亀頭を含み、モグモグとたぐるように根元まで呑み込むと、幹を丸く締め付けて強く吸い、熱い鼻息で恥毛をくすぐった。

さすがにペニスだけは歯を立てることはなく、口の中ではクチュクチュと滑らかに舌が蠢いて、ペニス全体を生温かな唾液に浸した。

「ああ、気持ちいい……」

文彦が喘ぎながら股間を突き上げると、千歳も顔を上下させ、濡れた口でスポスポと強烈な摩擦を繰り返した。溢れる愛液が肛門の方にまで伝い流れ、セミロングの髪が内腿を心地よく刺激した。

やがて文彦は、ジワジワと絶頂を迫らせていった。

5

「ち、千歳さん、いきそう……」

すっかり高まった文彦が言うと、すぐに千歳もスポンと口を離して身を起こした。

「いい？　入れるわ」

彼女が言って前進し、ペニスに跨がってきた。

文彦が仰向けのままじっとしていると、千歳は先端に割れ目を押し付け、位置を定めると息を詰めて、ゆっくり腰を沈み込ませてきた。

張り詰めた亀頭が潜り込むと、あとはヌルヌルッと滑らかに根元まで呑み込まれていった。

「アア……、いいわ、奥まで届く……」

千歳が完全に座り込み、ピッタリと股間を密着させると顔を仰け反らせて喘いだ。

文彦も心地よい肉襞の摩擦と潤いに包まれ、温もりと締め付けの中で快感を噛み締めた。

やはり最初に知った女性というのは相性が良いのか、ペニスが然るべき場所に納まった感じがした。

千歳も目を閉じて快感を味わい、暫し上体を反らせたまま股間をグリグリ擦り付けていたが、やがてゆっくりと身を重ねてきた。

文彦も両手を回して抱き留め、両膝を立てて豊かな尻を支えた。

「いいわ、好きなときにいっぱい出して」

「うん、あと唾を飲みたい……」

千歳が覆いかぶさり、近々と顔を寄せて囁くと、彼もズンズンと小刻みに股間を突き上げながら言った。

すると彼女も口の中にたっぷり唾液を溜めると唇をすぼめ、白っぽく小泡の多い唾液をトロトロと吐き出してくれた。

生温かなシロップを舌に受けて味わい、彼はうっとりと喉を潤して酔いしれながら突き上げを強めていった。

するとと千歳も合わせて腰を遣い、上からピッタリと唇を重ねてきた。

柔らかな唇が密着し、熱い鼻息が彼の鼻腔を湿らせた。舌が潜り込むと文彦もチロチロとからみつけ、生温かな唾液のヌメリを味わった。

「ンン……」

千歳が熱く鼻を鳴らし、互いの動きがリズミカルに一致すると、大量に溢れた愛液が互いの股間をビショビショにさせ、クチュクチュと湿った摩擦音が淫らに響きはじめた。

「ああ……、いきそうよ……」

千歳が淫らに唾液の糸を引いて口を離し、熱く喘いだ。

その口に鼻を押し込んで嗅ぐと、熱く湿り気ある息が花粉臭の刺激を含んで悩ましく鼻腔を掻き回してきた。

文彦は美女の口の匂いに高まって動き続けると、千歳もヌラヌラと舌を這わせ、彼の鼻の穴から顔中まで生温かな唾液にまみれさせてくれた。

「い、いく……！」

たちまち文彦は、美女の唾液と吐息の匂いに包まれ、肉襞の摩擦と収縮の中で昇り詰めてしまった。

大きな絶頂の快感とともに、熱い大量のザーメンがドクンドクンと勢いよく内部にほとばしると、

「いいわ、感じる……、アアーッ……！」

噴出を受け止めた途端、千歳もオルガスムスのスイッチが入ったように声を上ずらせ、ガクガクと狂おしい痙攣を開始したのだった。

艶めかしく収縮する膣内で彼は快感を嚙み締め、心置きなく最後の一滴まで出し尽くしていった。

「ああ、良かった……」

文彦は満足しながら声を洩らし、突き上げを弱めて言った。

千歳も動きを止め、熟れ肌の強ばりを解いてグッタリともたれかかった。

まだ膣内は貪欲にキュッキュッと締まり、刺激されるたび射精直後のペニスがヒクヒクと過敏に跳ね上がった。

そして文彦は美女の重みと温もりを受け止め、熱く甘い吐息を胸いっぱいに嗅ぎながら、うっとりと快感の余韻を味わったのだった。

すると呼吸も整わないうち、千歳は枕元に用意してあった器具を取り、彼に手渡し

てきた。

「これに吸い出して」

言われて文彦が受け取ると、それは針のない注射器であった。

彼は身を起こして千歳の股間に潜り込み、ザーメンの逆流しはじめている膣口に先端を挿し入れ、ゆっくりと吸入した。

「愛液も混じっていいの?」

「ええ、私も力を宿しているから大丈夫」

訊くと彼女は答え、息を詰めてじっとしていた。

やがて注射器いっぱいに吸入すると引き抜き、身を起こした彼女に渡した。

千歳も、ベッドを降りて注射器をケースに納めた。

「この体液は、時空を越えて好きな場所に行ける要素が含まれているの。タイムマシンのエネルギーの素」

「じゃ、僕自身が念じれば好きな時代や場所へ?」

「その可能性はあるけど、まだコントロールできないだろうから滅多なことはしないで。それは研究を進めた未来での話」

千歳は言い、彼をバスルームに誘った。

シャワーを浴び、湯に濡れた熟れ肌を見ていると当然ながら彼は回復していった。

思えば、同じここで初体験したときは緊張と戸惑いの連続だったが、今は千年の時を経験しているので落ち着いており、自分の欲求を素直に口に出せた。

「ね、オシッコして……」

ムクムクと勃起しながら言うと、すぐにも千歳が立ち上がり、彼の顔に股間を突き出してくれた。しかも、自ら割れ目に両の人差し指を当て、グイッと陰唇を左右に広げ、柔肉を丸見えにさせてくれたのだ。

「いい？　すぐ出そうよ……」

千歳が息を詰めて言い、彼も割れ目に鼻と口を押し付けて舌を這わせた。

匂いは薄れたが、やはり新たな愛液が湧き出していた。

すると、すぐにも柔肉が妖しく蠢きはじめた。

「出るわ……、ああ……」

千歳が言うなり、熱い流れがチョロチョロとほとばしってきた。

それを口に受けて味わい、淡い味と匂いを貪りながら夢中で喉に流し込んだ。

たちまち勢いが増し、口から溢れた分が肌を伝い、悩ましい匂いを立ち昇らせながら回復したペニスを温かく浸した。

しかし間もなく勢いが衰え、やがて流れは治まってしまった。

文彦は余りの雫をすすり、残り香を味わいながら舌を這い回らせた。

「アア……、いい気持ち……」

千歳もうっとりと声を洩らし、ヌラヌラと愛液を漏らして膝を震わせた。彼女も、もう一回しなければ治まらないほど高まっているようだ。

やがて股間を引き離すと、二人でもう一度シャワーを浴び、身体を拭いてベッドへと戻った。

すると千歳は文彦を仰向けに押し倒し、すぐにも勃起したペニスにしゃぶり付いてきたのである。

「ああ……」

彼は唐突な快感に喘ぎ、スッポリ含まれて吸われながら、唾液にまみれたペニスを最大限に膨張させていった。

千歳も、充分に唾液に濡らすとスポンと口を離して添い寝し、彼を股間に追いやりながら大股開きになった。

「すぐ入れて……」

言われて、彼も気が急くように股間を迫らせ、唾液に濡れた先端を、新たな愛液にまみれている割れ目に押し付け、ヌルヌルッと一気に挿入していった。

「アアッ……！」

千歳がビクッと身を弓なりに反らせ、キュッときつく締め付けて喘いだ。

文彦も正常位で身を重ね、最初から勢いをつけてズンズンと腰を突き動かし、濡れた肉襞の摩擦に高まっていった。

すると、彼女が自ら両脚を浮かせたのだ。

「ね、お尻に入れてみて。直腸からもザーメンを吸収したいわ」

「え、大丈夫かな……」

言われて、文彦は驚いて動きを止めたが、激しく興味が湧いた。

そろそろとペニスを引き抜くと、割れ目から溢れる愛液が肛門の方までヌメらせている。

濡れた先端を蕾に押し付け、力を込めてゆっくり進めていくと、肛門が丸く広がり可憐な襞が伸びきってぴんと張り詰めて光沢を放った。

「あう、いいわ、奥まで……」

千歳が呻き、懸命に括約筋《かつやくきん》を緩め、彼もズブズブと根元まで押し込んでいった。

深々と挿入すると、尻の丸みが股間に当たって弾み、やはり膣とは違う感触が新鮮だった。

さすがに入り口は狭いが、中は思ったより楽で、ベタつきもなく滑らかだった。

「突いて、何度も奥まで強く……」

千歳がせがみ、彼も腰を前後させて心地よい摩擦と締め付けに高まっていった。

「ああ、いきそう……」

「いいわ、いっぱい出して……」

千歳が締め付けて言うなり、文彦は昇り詰め、快感の中で荒々しく股間をぶつけて動いた。同時に、ありったけの熱いザーメンが勢いよくドクンドクンと内部にほとばしった。

「アア、いい気持ち……！」

噴出を感じ、千歳も快感を得たように喘ぎ、ザーメンで滑らかになった肛門でキュッキュッと激しく収縮させはじめたのだった……。

第五章　母娘のいけない好奇心

1

「おい、加賀。待てよ」

日曜日の昼過ぎ、文彦が公園を横切ろうとすると、いきなり声をかけられた。見ると、良治に順二、さらには数人の不良仲間が全部で五人いた。中には、小中学生の頃から文彦を苛めていた奴の顔も見える。

「忙しいんだ。これからデートでな。それに月曜に金を返すまで話しかけるなと命令したはずだが」

文彦が言うと、五人が彼を取り囲んできた。中には、金属バットを持っている奴もいる。

「てめえ、いつからそんな偉そうな口がきけるようになった」

「今までは、ガキ相手に怯《おび》えた振りをしてやっていたんだが、もう面倒になったんでな。時間が勿体《もったい》ないから早くかかってこい」

文彦が言うと、後ろの男が金属バットでいきなり尻を叩いてきた。

不良でも、さすがに頭を殴れば大変なことになることぐらい承知しているらしい。

もちろん素早く避け、空振りした男の顔面に渾身の掌底《しょうてい》を叩き込んだ。

「ぐわ……！」

中学時代のいじめっ子が顎を砕かれて奇声を発し、そのままバットを取り落として仰向けに倒れると、ズズーッと公園の隅まで滑っていった。

「こ、こいつ……！」

左右の男たちが同時に殴りかかってきたが、これも軽やかに避け、髪を掴んで男同士の顔面を思い切りぶつけ合わせてやった。

「う……！」

二人は鉢合わせして呻き、鼻骨と前歯を粉砕されて昏倒した。

この三人は高校も行っていないような奴らだから知ったことではないが、良治と順二には、明日も登校して金を返してもらわなければならない。

あっという間に三人が悶絶し、良治と順二は呆然と立ちすくんでいた。

どうやら、すっかり戦意を喪失したようである。

文彦は転がっている金属バットを足でくるりと巻き込んで宙に浮かせ、それを掴みとると二人に向けて振るった。

「うわ……！」

ブンと音を立てて振るったバットが、良治の鼻先でピタリと止まると、彼は声を洩らして尻餅を突いた。

同じように順二の顔面にも思い切りバットを振るい、数ミリの距離でピタリと止めた。何しろ千年も剣術を修行してきたのである。

「ヒッ……！」

順二もへたり込み、顔を隠すことも出来ないでいた。

文彦は何度も二人の顔面にバットを振り、当たる寸前に止めることを繰り返した。

「や、やめてくれえ……」

「ああ、手元が狂いそうだ。今度は本気で殴ってしまいそうだ」

悲鳴を上げながらも、微動だにできない二人の顔に何度もバットを思い切り振って言うと、とうとう二人は尻餅を突いたまま大小の失禁をはじめた。

「さあ、明日十万持ってくるか。これはカツアゲじゃなく、僕の金を返してもらうだけだからな、文句は言わせない」

「わ、分かった……」

二人が涙を流して言うと、ようやく文彦もバットを振るのを止め、両手に持ったそれを膝に叩きつけて二つにへし折ってしまった。

「ひいい……！」

二人が声を裏返して身をすくませた。

文彦は折れたバットを捨て、そのまま振り返らずに公園を出ていった。

実は今日、沙貴にメールをし、これから家に行くことを約束していたのである。

沙貴も、やはり文彦のパワーに圧倒されるように承諾してくれた。

まあ、どちらにしろ文芸部の卒業文集を作る話し合いをしなければならない時期なのだ。

家まで早足で歩いて行くと、すぐに山辺の表札があった。

クラスメートで、同じ文芸部員ということもあり年賀状の遣り取りはあるが、訪ねるのは初めてだった。

それに今日は、沙貴の両親が旅行中で不在ということだったのである。

チャイムを鳴らすと、すぐに普段着の沙貴が出てきた。

「加賀くん、驚いたわ、いきなりメールがあったから。入って」

沙貴が、少々緊張気味に言い、彼を入れてくれた。これも彼のパワーにより、何の警戒もなく従っているようだ。

中流の二階屋で、入ると彼女はすぐ先に階段を上がり、文彦もついていった。

前を上がる彼女のスカートが揺れるたび、生ぬるい風を顔に感じながら、彼は美少女のムチムチした脹ら脛を眺めた。

部屋に入ると、そこは六畳ほどの洋間で、窓際にベッド、手前に机と本棚があり、思春期の体臭が生ぬるく籠《こ》もっていた。

もちろん文彦は激しく勃起し、すぐにも沙貴に手を出したくて仕方がなかったが、彼女は彼が来るのを待っていたように、机に用意してあった烏龍茶をグラスに注いでくれた。

「文集の話ね？」

「うん、学校でも良かったんだけど、二人きりになりたくて」

文彦は言い、気が急くように彼女に迫ってしまった。どうせ彼の体液を吸収すれば沙貴は何もかも納得し、大きな悦びを感じることだろう。

「あん……」

肩を抱くと、沙貴がビクリと身じろいで小さく声を洩らした。

そのまま顔を寄せると、可憐な表情が微かな怯えの色を見せたが、それ以上に熱い好奇心が湧いてきたようだった。

そっと唇を重ねると、ぷっくりしたグミ感覚の弾力と生温かな唾液の湿り気が伝わり、沙貴が長い睫毛《まつげ》を伏せた。

感触を味わいながら、そろそろと舌を挿し入れて滑らかな歯並びをたどり、引き締まったピンクの歯茎まで舐め回すと、ようやく彼女の歯が開かれ、侵入を受け入れてくれた。

舌をからめると、生温かな唾液にトロリと濡れた舌が滑らかに蠢いた。

そして味わいながらブラウスの胸に手を這わせると、

「ああ……」

沙貴が息苦しくなったように口を離して熱く喘いだ。

鼻から洩れる息はほとんど無臭だったが、口から吐き出される息は湿り気があり、何とも可愛らしく甘酸っぱい匂いがした。それは、顔立ちも似ている千年前の楓の匂いによく似ていた。

「ね、脱ごう」

文彦は言い、いったん身を離して自分から手早く全裸になってしまった。

すると彼女も、操られるようにノロノロとブラウスのボタンを外しはじめたので、先に文彦はベッドに横になり、枕に沁み付いた美少女の匂いを嗅いで激しく興奮を高めた。

見ていると、もうためらいなく沙貴も脱いでゆき、みるみる健康的な小麦色の肌を露わにしていった。

今まで彼女が男と付き合った様子は一切ないので、正真正銘の処女であろう。

これまで文彦も多くの処女を相手にしてきたが、沙貴は何度も妄想でお世話になってきた美少女の代表のようなものだから、期待と感激は大きかった。

乳房は形良く、さらに豊かになりそうである。

やがて彼女が最後の一枚を脱ぎ去ると、裸を見られるのを恥じらうように、胸を押さえて素早く横になってきた。

「ああ、嬉しい。ずっと前から好きだったんだ」

肌を密着させて言うと、

「私も……」

沙貴が小さく答えた。本当にそうなのか、彼のパワーを受けてそう錯覚しているのか、それればかりは分からない。

腕枕してもらうように腋の下に鼻を埋めると、そこは生ぬるく湿り、甘ったるいミルクのような汗の匂いが可愛らしく籠もって鼻腔を刺激してきた。

文彦は美少女の体臭で胸を満たし、舌を這わせてから形良く張りのある乳房に移動していった。

やがて彼は、ピンクの乳首にチュッと吸い付いて舌で転がした。

2

「アア……」

沙貴がビクッと反応して熱く喘ぎ、汗の匂いに混じり、肌を伝ってくる吐息の果実臭が悩ましく鼻腔を刺激してきた。

文彦は仰向けにさせて彼女にのしかかり、左右の乳首を交互に含んで舐め回し、処女の張りを含んだ膨らみを顔中で味わった。

充分に乳首を味わうと、滑らかな肌を舐め降り、愛らしい縦長の臍を舐めた。

ぴんと張り詰めた下腹に顔を押し付けて心地よい弾力を堪能し、腰骨を舐めると、

「あう、ダメ、くすぐったい……」

沙貴がクネクネと腰をよじって呻いた。

文彦は腰のラインからムッチリした太腿を舐め降り、美少女の脚を舌でたどっていった。

脛もスベスベで、楓のような体毛はなく、彼は足首まで下りて足裏に回り込んだ。

踵から土踏まずを舐め、可愛く揃った指に鼻を埋め込むと、やはりそこは汗と脂に湿り、蒸れた匂いが悩ましく沁み付いていた。

今日は日曜だが、買い物ぐらいは出たかも知れない。匂いの濃度からして、入浴は昨夜で、今日はシャワーも浴びていないようだ。

文彦のメールも突然だったし、処女ではいきなりセックスまで発展するなど想像していなかったのだろう。

彼は美少女の蒸れた足の匂いを充分に味わい、爪先にしゃぶり付いて桜色の爪を舐め、順々に指の股に舌を割り込ませていった。

「あん、汚いわ……」

沙貴が驚いたようにビクッと脚を震わせて言い、彼の口の中で指を縮めた。

文彦はしゃぶり尽くすと、もう片方の足も味と匂いが薄れるほど貪り尽くした。

そして沙貴をうつ伏せにさせると、踵からアキレス腱、脹ら脛から汗ばんだヒカガミ、太腿から尻の丸みを舌でたどっていった。

腰から滑らかな背中を舐めると、淡い汗の味がし、肩まで行くと乳臭い髪に鼻を埋めて嗅いだ。耳の裏側の湿り気も嗅いで舐めると、再びうなじから背中を舐め降り、尻に戻っていった。

「く……」

どこもくすぐったいように感じるらしく、沙貴が顔を伏せて呻き、大きな白桃のような尻をクネクネさせた。

うつ伏せのまま股を開かせて腹這い、指で尻の谷間をムッチリと広げると、可憐な薄桃色の蕾《つぼみ》が恥じらうようにキュッと引き締まった。

鼻を埋めると、弾力ある双丘が顔中に密着し、蕾に籠もった微香が悩ましく鼻腔を刺激してきた。

文彦は美少女の恥ずかしい匂いを貪り、舌を這わせて襞を濡らし、舌を潜り込ませてヌルッとした滑らかな粘膜を探った。

「あう、ダメ……!」

沙貴が呻き、キュッと肛門で舌先を締め付けてきた。

文彦は中で舌を蠢かせ、甘苦い微妙な味覚を探ってから、ようやく顔を上げ、再び沙貴を仰向けにさせた。

片方の脚をくぐって股間に潜り込み、滑らかな内腿を舐め上げて処女の割れ目に迫った。

「もっと力を抜いて」

「アア、恥ずかしいわ……」

股間から言うと沙貴が声を震わせ、白い下腹をヒクヒク波打たせた。

ぷっくりした丘には楚々とした若草が恥ずかしげに煙り、丸みを帯びた割れ目からはピンクの花びらがはみ出していた。

そっと指を当てて陰唇を左右に広げると、微かにクチュッと音がするほど内部はヌメヌメと大量の蜜が溢れていた。

処女の膣口は花弁のような襞が震えて息づき、ポツンとした尿道口も見え、包皮の下からは小粒のクリトリスが真珠色の光沢ある顔を覗かせていた。

「すごく綺麗だよ」

「み、見ないで……」

文彦が感激に包まれて思わず言うと、沙貴が激しい羞恥に腰をよじって答えた。

彼も、吸い寄せられるようにギュッと顔を埋め込み、柔らかな若草に鼻を擦りつけて嗅いだ。

隅々には甘ったるい汗の匂いと、ほのかな残尿臭の刺激、それに処女特有のチーズ臭が入り交じって悩ましく鼻腔を掻き回してきた。

彼は何度も深呼吸して胸いっぱいに美少女の匂いを嗅ぎ、濡れはじめた割れ目に舌を這わせた。

舌先で膣口の襞をクチュクチュ掻き回すと、やはり淡い酸味のヌメリが感じられ、彼は柔肉をたどってクリトリスまで舐め上げていった。

「アアッ……！」

やはり最も感じるらしく、沙貴が声を上げて仰け反り、内腿でキュッときつく彼の両頬を挟み付けてきた。

文彦はもがく腰を抱え込んで押さえ、執拗にチロチロとクリトリスを舐め回しては、新たに溢れる幼い愛液をすすった。

「も、もうダメ、変になりそう……」

沙貴が絶頂を迫らせたように言い、とうとう彼の顔を股間から追い出した。

オナニーぐらいしているだろうが、やはり人に舐められるのは羞恥も大きく、昇り詰めるにはためらいも強いようだった。

文彦も素直に股間から離れて添い寝し、仰向けの受け身体勢になった。

「ここ舐めて……」

言って沙貴の口に乳首を押し付けると、彼女も素直にチュッと吸い付き、熱い息で肌をくすぐりながらチロチロと舌を這わせてくれた。

「噛んで……」

さらにせがむと、沙貴も朦朧《もうろう》となりながら、軽く前歯で乳首を挟んでくれた。

「ああ、気持ちいいよ。もっと強く……」

言いながら沙貴の手を握り、ペニスに導くと、彼女も好奇心を湧かせてやんわりと包み込み、ニギニギと愛撫してくれた。

さらに力を込めて噛んでもらうと、文彦は甘美な刺激に身悶え、美少女の掌《てのひら》の中でヒクヒクと幹を震わせた。

そして左右の乳首を舌と歯で愛撫してもらうと、彼は沙貴の顔を股間へと押しやった。彼女も素直に移動し、大股開きになった真ん中に腹這い、無垢な視線をペニスに這わせてきた。

「いいよ、好きなようにいじって」

言うと、初めて見たであろうペニスにあらためて触れ、幹と張り詰めた亀頭を撫で回しはじめた。

いったん触れると度胸もついたのか、沙貴は勃起したペニスを指でそっと弾き、陰嚢にも触れて睾丸を確認し、袋をつまんで肛門まで覗き込んだ。

文彦は股間に無垢な視線と息を受けながら幹を震わせ、ゾクゾクと快感を高めていった。何しろ、毎晩のようにお世話になっていた美少女と、とうとう出来る日が来たのだ。

「お口で可愛がって」

幹を上下させてせがむと、沙貴も顔を寄せ、粘液の滲む尿道口をチロリと舐めてくれた。別に不味くはなかったのか、次第にチロチロと舌を動かして亀頭を濡らし、丸く開いた口にパクッとくわえてくれた。

「ああ、気持ちいいよ。もっと深く……」

言うと沙貴も、小さな口を精一杯丸く開いて亀頭をくわえ、スッポリと呑み込んでくれた。

美少女の口の中は生温かく濡れ、熱い息が心地よく股間に籠もった。

彼女も懸命に幹を丸く締め付けて吸い、口の中ではクチュクチュと舌がからみついて、ペニスが清らかな唾液にまみれた。

ズンズンと小刻みに股間を突き上げると、

「ンン……」

沙貴が喉の奥を突かれて小さく呻き、新たな唾液がたっぷりと溢れてきた。

文彦はジワジワと高まり、このまま処女の口に射精したい衝動に駆られたが、やはり一つになる方が先決だろう。

入れてしまえば彼女も初回から快感を得るだろうし、あとからいくらでも口に出して飲んでもらえば良いのだ。

「入れたい……」

彼が言うと、沙貴もチュパッと口を引き離した。

文彦は身を起こし、入れ替わりに彼女を仰向けにさせた。そして大股開きにさせて股間を進め、愛液の溢れた割れ目に先端を押し付け、位置を定めてゆっくり挿入していった。

張り詰めた亀頭が潜り込むと、処女膜が丸く押し広がり、潤いが充分なので滑らかに呑み込んでいった。

ヌルヌルッと根元まで挿入すると、

「アアッ……！」

沙貴がビクッと顔を仰け反らせて喘ぎ、彼は股間を密着させて脚を伸ばし、身を重ねていった。

するとと沙貴が下から両手を回し、激しくしがみついてきた。

3

「大丈夫？」

「ええ……、思っていたより痛くないわ……」

文彦が囁くと、沙貴も健気に答え、キュッときつく締め付けてきた。

やはり彼のパワーで、破瓜《はか》の痛みよりも快楽の方が多く芽生《めば》えているのだろう。

彼は熱いほどの温もりときつい締め付けを味わいながら、上から唇を重ねて舌をからめた。

「ンン……」

沙貴は熱く鼻を鳴らし、チロチロと舌を蠢かせてくれた。

文彦も様子を探るように小刻みに腰を突き動かし、何とも心地よい肉襞の摩擦に高まっていった。

「ああ……、いい気持ち……」

沙貴が口を離して喘ぎ、味わうようにキュッキュッと締め付けてきた。

彼は美少女の吐き出す甘酸っぱい息を嗅ぎ、鼻を押し込んで貪ると、吐息の果実臭ばかりでなく、唾液の香りやうっすらしたプラーク臭まで感じられ、悩ましい匂いにゾクゾクと絶頂を迫らせていった。

快感に任せて腰を遣うと、溢れる愛液に動きが滑らかになり、もう我慢できず股間をぶつけるほどに激しく動いてしまった。

「い、いく……！」

たちまち文彦は昇り詰めて呻き、大きな絶頂の快感に貫かれながら熱いザーメンをドクンドクンと勢いよく柔肉の奥にほとばしらせた。

「あ、熱いわ……、アアーッ……！」

噴出を感じた途端、沙貴も初めてなのにオルガスムスに達したように声を上ずらせて、ガクガクと狂おしい痙攣を開始した。

膣内の収縮も高まり、彼は心ゆくまで快感を味わった。

そして最後の一滴まで出し切ると、文彦はすっかり満足しながら徐々に動きを弱めていった。

「ああ……、すごいわ、こんな気持ちになるなんて……」

沙貴も荒い呼吸とともに声を洩らし、肌の強ばりを解いてグッタリと身を投げ出していった。

重なったまま、彼は膣内の収縮に刺激されて幹をヒクヒク震わせ、美少女の甘酸っぱい口の匂いを嗅ぎながら、うっとりと快感の余韻に浸り込んだ。

やがて呼吸を整えると、彼はそろそろと股間を引き離し、枕元のティッシュを手にした。

手早くペニスを拭いながら沙貴の股間に顔を寄せると、処女を失っても、それほど痛々しい印象はなく、ただ膣口から逆流するザーメンにうっすらと鮮血が混じっていた。

優しく拭ってやり、処理を終えると手を引いて起こし、支えながら階下のバスルームへと移動した。

シャワーの湯を浴びて股間を流すと、もちろん文彦はムクムクと回復し、床に座ったまま彼女を目の前に立たせ、片方の足を浮かせてバスタブのふちに乗せさせた。

「オシッコして」

「そ、そんなこと……」

股間に顔を埋めながら言うと、沙貴はビクリと身じろいで答えたが、まだ快楽の余韻があり、それに彼のパワーに操られるように、下腹に力を入れて尿意を高めはじめてくれた。

舐めていると新たな愛液が溢れ、柔肉が迫り出すように盛り上がり、急に味わいと温もりが変わってきた。

「あう、出ちゃう……」

沙貴が言うなり、チョロチョロと熱い流れがほとばしってきた。

それは何とも清らかで味も匂いも淡く、彼は口に受けながら夢中で喉に流し込んでいった。

「アア……、ダメよ……」

沙貴はガクガク膝を震わせて言いながらも、彼の頭に両手をかけて身体を支え、ゆるゆると放尿を続けてくれた。

文彦は美少女の出したものをこぼさずに飲み干し、ようやく流れが治まると余りの雫をすすり、割れ目内部を舐め回した。

「も、もうダメ……」

沙貴が感じすぎて言い、足を下ろすとクタクタと座り込んでしまった。

彼は入れ替わりにバスタブのふちに座り、彼女の顔の前で股を開いた。

すると沙貴も自分から顔を寄せ、張り詰めた亀頭にしゃぶり付き、ネットリと舌をからみつかせてきた。

「ンン……」

喉の奥まで呑み込んで小さく呻き、笑窪《えくぼ》の浮かぶ頬をすぼめて強く吸ってくれた。

「ああ、気持ちいいよ、すごく……」

文彦も快感を高めて喘ぎ、彼女の頭に手をかけ、前後に動かした。

沙貴もたっぷり唾液を出してペニスを濡らし、顔を動かしてスポスポと強烈な摩擦を繰り返してくれた。

彼は急激に高まり、まるで全身が縮小して美少女のかぐわしい口に含まれているような錯覚の中、絶頂を迫らせていった。

「い、いく……、飲んで……」

とうとう昇り詰め、彼は快感の中で口走りながら、美少女の口の中にドクンドクンと勢いよくありったけのザーメンをほとばしらせてしまった。

「ク……」

噴出を喉の奥に受けて呻き、それでも沙貴は摩擦と舌の蠢きを続けてくれた。

「ああ……」

文彦も快感を噛み締めて喘ぎ、心置きなく最後の一滴まで出し尽くしてしまった。

ようやく動きを止めると、沙貴も摩擦をやめ、口に溜まったザーメンをコクンと一息に飲み干してくれた。

口腔が締まり、駄目押しの快感にピクンと幹が震えた。

沙貴はチュパッと軽やかに口を離すと、やはり不味くなかったらしく、なおも幹を握って余りをしごき、尿道口に脹らむ白濁の雫まで丁寧にペロペロと舐め取ってくれたのだった。

「あうう、もういいよ、どうも有難う……」

文彦は過敏に反応して呻き、彼女もようやく舌を引っ込めてくれた。

「不味くなかった？」

「ええ……、何だか、すごく元気が湧いてくるみたい……」

訊くと沙貴が答え、やがてもう一度二人でシャワーを浴びてから身体を拭き、また二階に戻っていったのだった。

4

「おお、持ってきたか」

月曜の朝に登校すると、文彦は良治と順二に近づいた。すると二人も素直に十万円を差し出したので、彼は学生服のポケットに入れた。

どうせかき集めても足りず、親の金でもくすねてきたのだろう。

「よし、じゃ今後は二度と僕に近づくな」

言うと、二人も頷いて立ち去っていった。念を押すまでもなく、もう二度と文彦には関わってこないだろう。

教室に入ると、沙貴がほんのり頬を染めて彼に会釈してきた。文彦も応え、この美少女の全てを奪った満足感に股間を熱くさせた。

そしてホームルームで亜佐美が入ってくると、彼女も文彦を意識したように視線を向けてから、出席を取りはじめた。

もう間もなく終業式だ。

高校生活最後の冬休み、そして平成最後の年末がやってくる。

午前中の授業を終えると、文彦は昼休みに文芸部室に寄って文集の準備をし、学食で昼食を取ると、午後の授業を済ませた。

一千年生きていても、今はごく普通に高校三年生の生活がある。

下校すると、彼は帰宅せず真っ直ぐ沙貴の家に寄ってみた。

文集の計画書を渡すためだが、校内より家の方がまた良いことが出来ると思ったのである。

すると、ちょうど買い物に行っていたらしい沙貴の母親、友里子《ゆりこ》が帰ってきたところだった。

「あ、僕は沙貴ちゃんのクラスメートで、加賀文彦と言います」

「ああ、お話は伺っているわ。文芸部で部長をしているって。でもさっき沙貴からメールがあって、今日はお友達の家に寄るので夕食頃まで戻らないって」

文彦が名乗ると、美熟女が笑みを浮かべて言った。確か三十九歳だと沙貴から聞いていた。

「そうですか。じゃ文集のメモだけ渡しておいて下さい」

「ええ、ちょっとお茶でも」

友里子は言い、文彦を招き入れてくれたので、彼も買い物の袋を持ってやって上がり込んだ。

リビングに入ると、友里子は彼をソファで待たせ、買ってきたものを手早く冷蔵庫にしまい、お茶を入れて向かいに座ってきた。

「沙貴のことは好き？」

唐突に友里子が、熟女らしく遠慮ない眼差しで、正面から文彦の目を見つめて訊いてきた。

「ええ、好きです。ずっと」

「そう、でもあの子は奥手だから、どうか優しくしてあげてね」

「僕も奥手なんです。面と向かうと何も言えなくて」

言われて、文彦はかつての自分を思い出して答えた。

「そう、真面目そうだけど、すごく雰囲気があってモテそうだわ」

「全然、そんなことないです」

「じゃ、まだ童貞？」

友里子が無遠慮に訊き、文彦は股間を熱くさせながら、彼女の中に淫らな好奇心が湧くのを感じていた。あるいは彼の抱いた激しい淫気が、友里子に伝わったのかも知れない。

もう文彦は、当然ながら沙貴から友里子へと欲望の対象を切り替えていた。

「はい、まだ何も知らないです」

「そう、知らない同士だと上手《うま》くいかないかも知れないわね」

無垢を装って答えると、友里子が熱っぽい眼差しで言った。

「ね、私が教えてしまってもいい？」

やがて友里子が、やや緊張気味に言った。

心の奥には、無垢な少年を弄《もてあそ》びたい衝動があったのだろうが、それを口にした大きな要因は、文彦の操作によるものだろう。だから内心はためらいや羞恥が渦巻いているようだった。

「ほ、本当ですか……、ぜひお願いします……」

文彦も、まるで童貞に戻ったようなときめきと興奮を覚え、勢い込むように答えていた。

「ええ、じゃこっちへ来て」

友里子も立ち上がって言い、気が急くように奥の部屋へと彼を招いた。

そこは夫婦の寝室で、夫のものらしいセミダブルと、友里子のシングルベッドが並んでいた。

「じゃ、急いでシャワーを浴びてくるので、脱いで待っててね」

「いえ、どうか今のままでお願いします」

友里子が彼を置いて出ていこうとするので、もちろん文彦は押しとどめた。

「だって、お買い物で歩き回って汗ばんでいるわ」

「女性の自然のままの匂いを知るのが夢だったので、どうか」

「そ、そう……、私も男の子の匂いを味わいたいから、あなたには浴びて欲しくないのだけど、うんと汗臭くても構わないの……？」

「ええ、お願いします」

懇願すると、やがて友里子も待ちきれなくなったように頷いた。

「分かったわ。じゃ脱ぎましょう」

自分からブラウスのボタンを外しはじめたので、文彦も手早く全裸になり、先にベッドに横になった。もちろん、枕にもシーツにも美熟女の匂いの沁み付いたシングルベッドの方である。

友里子も、もうためらいなくブラウスとスカートを脱ぎ去り、ブラを外すと千歳以上の巨乳が弾けるように露出してきた。

同時に、服の内に籠もっていた熱気も、甘ったるい匂いを生ぬるく含んで寝室に立ち籠めはじめた。

そしてソックスを脱ぎ、最後の一枚を取り去って全裸になると、ベッドに上がってきた。

「すごい勃《た》ってるわ。よく見せてね……」

友里子はすぐにも彼の股間に目を遣ると、そう言って屈み込んできた。

文彦も仰向けになって身を投げ出すと、彼女が遠慮なく幹に触れ、張り詰めた亀頭に顔を寄せてきた。

「何て綺麗な色、とっても美味しそう……」

彼女が熱い息で幹をくすぐりながら言い、指先で亀頭を撫で回した。

「このオチ×チ×が、沙貴の処女を奪うかも知れないのね。でも先に頂くわ」

友里子は囁き、とうとう舌を這わせてきた。

すでに沙貴の処女は頂いてしまっているのだが、まるで彼は本当の童貞に戻ったように激しく感じ、クネクネと腰をよじった。

彼女は先端を舐め回し、張り詰めた亀頭にしゃぶり付き、熱い息を股間に籠もらせながら、丸く開いた口でスッポリと根元まで呑み込んでいった。

「ああ……」

いきなりのフェラチオに喘ぎ、彼は美熟女に圧倒されるように高まった。

四十歳目前なら、彼が今まで体験した女性の中で最年長である。まして可憐な沙貴の母親だから、強い思い入れも加わった。

彼女が深々と含み、舌の表面と口蓋に亀頭を挟んで吸うと、まるで舌鼓《したつづみ》でも打たれているようで快感が湧いた。

さらにクチュクチュと舌がからまると、肉棒全体が温かくトロリとした唾液にどっぷりと浸り込んだ。

「い、いきそう……」

急激に絶頂を迫らせて言うと、友里子はすぐにスポンと口を引き離した。やはり口に出されるより、早く一つになって童貞を奪いたいのだろう。

「つい夢中になっちゃったわ。じゃ私を好きなようにして」

友里子が言って仰向けになったので、文彦ものしかかり、巨乳に顔を埋め込んでいった。

乳首に吸い付いて舌で転がし、顔中を豊かな白い膨らみに押し付けて感触を味わうと、友里子も両手できつく彼の顔を抱きすくめた。

「ああ、いい気持ちよ、もっと吸って……」

彼女はすぐにも高まったように熱く喘ぎ、うねうねと熟れ肌を悶えさせた。

乳首はコリコリと硬くなり、彼が念入りに舌を這わせると、友里子がやんわりと彼の顔を移動させた。

「必ず両方の乳首を可愛がってね……」

彼女がうっとりとして言った。感じながらも、いずれ沙貴を相手にするときのため、手ほどきしてくれているようだ。

文彦も左右の乳首を交互に含んで舐め回し、さらに甘い匂いに誘われて腋の下にも鼻を埋め込んでいった。

すると、そこには淡い腋毛が煙っており、彼は懐かしい興奮を覚えた。

ケアしていないのだから、もう夫とも長くしておらず、先日の旅行でも夫婦生活はしていないのだろう。

生ぬるく湿った腋毛には、ミルクのように甘ったるい汗の匂いが濃厚に籠もり、彼は胸いっぱいに吸い込みながら舌を這わせた。

「あう……汗臭いでしょう……、そんなに嗅がないで……」

友里子が羞恥に身悶えながら呻き、ようやく彼も顔を上げた。

「さあ、もういいでしょう。入れてごらんなさい……」

「入れる前に、よく見てみたいので……」

「そんなところ、見るものじゃないわ。そんな気持ち良いものじゃないのよ」

「でも、見ないとどう入れるか分からないから」

「入れるときはちゃんと教えてあげるから……、アア……、そんなに見たいの？」

彼が移動していくと、友里子は羞恥と戦いながら喘ぎ、とうとう諦めたように股を開いてくれた。

文彦は白く滑らかな熟れ肌を舐め降りながら、大股開きになった脚の間に腹這い、熟れた割れ目に顔を寄せていった。

ふっくらした丘には黒々と艶のある恥毛が情熱的に濃く密集し、肉づきが良く丸みを帯びた割れ目からはヌラヌラと潤う花びらがはみ出していた。

5

「アア……、そんなに見ないで……」

無垢と思っている文彦の熱い視線と息を股間に感じ、友里子が熟れ肌を震わせながら喘いだ。彼は熱気と湿り気の籠もる割れ目に迫り、そっと指を当てて陰唇を左右に広げた。

「く……」

触れられた友里子が呻き、白く滑らかな下腹をヒクヒク波打たせた。

中は綺麗なピンクの柔肉で、全体が大量の愛液に濡れていた。

かつて沙貴が生まれ出てきた膣口は、花弁状の襞を入り組ませて妖しく息づき、小さな尿道口も見え、包皮の下からは小指の先ほどもあるクリトリスが亀頭の形をし、真珠色の光沢を放ってツンと突き立っていた。

もう堪らず、彼は友里子の股間にギュッと顔を埋め込んでしまった。

「あう、いいのよ、そんなことしなくて……、早く入れてほしいのに……」

友里子が呻いて言い、それでも反射的にムッチリと内腿で彼の両頬をきつく挟み付けてきた。

羞恥ばかりでなく、あまり今まで舐められるような濃厚な愛撫はされてこなかったようだ。夫を含むこれまでの男は、すぐ挿入するタイプだったのかも知れない。

とにかく文彦は夢中で鼻を茂みに擦りつけて嗅ぎ、濃厚な汗とオシッコの匂いに噎《む》せ返り、舌を挿し入れて味わった。

大量のヌメリは淡い酸味を含み、彼の舌の動きを滑らかにさせた。膣口の襞をク

チュクチュ掻き回し、柔肉をたどりながらクリトリスまで舐め上げていくと、

「アアッ……！」

友里子がビクッと仰け反り、内腿に力を込めながら熱く喘いだ。

舌先で、チロチロと弾くようにクリトリスを舐めると、さらに愛液の分泌が増してきた。

やがて彼女の両脚を浮かせ、白く豊満な尻の谷間に迫ると、薄桃色の蕾がキュッと襞を震わせて引き締まった。

鼻を埋めて嗅ぐと、顔中に双丘が密着し、生々しい微香が籠もって悩ましく鼻腔を刺激してきた。彼は貪るように嗅いでから、舌先で襞を舐めて濡らし、ヌルッと潜り込ませて粘膜を味わった。

「あう、そこダメ……！」

友里子が驚いたように言い、キュッと肛門できつく舌先を締め付けてきた。

文彦が中で舌を蠢かせると、いつしか白っぽく濁った愛液が溢れて鼻先を濡らしてきた。

その雫をたどるように再び割れ目に戻り、脚を下ろしてクリトリスに吸い付くと、

「アア……、お願いよ、入れて……」

彼女が激しく身をよじって哀願した。

ようやく彼も股間から身を離して添い寝し、友里子を上にさせた。

「ね、上から跨いで入れて」

「私が上に？　そんなのしたことないのに……」

せがむと、友里子はそう言いながらも好奇心を湧かせたように身を起こしてきた。

そして再びヌメリを与えるように、屈み込んで亀頭にしゃぶり付き、生温かな唾液でたっぷりとまみれさせてくれた。

やがて顔を上げると、身を起こして彼の上を前進し、唾液に濡れたペニスに跨がってきた。

片膝を突いて割れ目を押し付け、小指を立てた指を幹に添え、ぎこちなく先端を膣口にあてがった。それでも位置が定まって腰を沈め、張り詰めた亀頭が潜り込むと、あとは滑らかにヌルヌルッと根元まで受け入れていった。

「アアッ……、すごいわ……」

完全に座り込んだ友里子が顔を仰け反らせて喘ぎ、股間を密着させてきた。

そして無垢と思っている若いペニスを味わうように、キュッキュッときつく締め付けた。

文彦も、肉襞の摩擦と温もり、ヌメリと締め付けをうっとりと味わった。

まさか母と娘の両方を味わう日が来るなど、夢にも思わなかったものだ。

両手を伸ばして抱き寄せると、彼女もゆっくり身を重ね、文彦は両膝を立てて豊満な尻を支えた。

「ああ、童貞の男の子と一つになっているのね……」

すると友里子が上から顔を寄せ、感無量といった感じで囁きながら、ピッタリと唇を重ねてきた。

文彦も受け止め、柔らかな感触を味わうと、すぐにもヌルッと長い舌が潜り込んできた。彼も舌を触れ合わせ、チロチロとからみつけると、生温かくトロリとした唾液のヌメリが心地よかった。

「ンン……」

友里子は熱く鼻を鳴らし、少しでも奥まで舐めようと舌を這わせながら、徐々に腰を動かしはじめた。

文彦も下から両手でしがみつきながら、合わせてズンズンと股間を突き上げると、

「アアッ……、いい気持ち、すぐいきそうよ……」

友里子が口を離して熱く喘いだ。口から吐き出される息は熱く湿り気があり、白粉《おしろい》

のような甘さがあり、さらに鼻腔に引っかかる刺激が悩ましかった。

「ね、唾を飲みたい……」

「ダメよ、汚いから。それに口が乾いていて出ないわ」

「レモンかじるところを思い浮かべて、出して」

せがむと、友里子も高まりに任せて懸命に唾液を分泌させ、色っぽい唇をすぼめ、白っぽく小泡の多い唾液をクチュッと吐き出してくれた。

それを舌に受けて味わい、うっとりと喉を潤した。

「美味しいの？」

「うん、すごく……。もっと出して」

「もう出ないわ……」

愛液はいくらでも大洪水になっているが、やはり喘ぎ続けで口の潤いは少なくなっているようだ。

「じゃ舐めて……」

顔を引き寄せ、色っぽい口に鼻を押しつけて言うと、彼女もヌラヌラと舌を這わせはじめてくれた。

「ああ、いい匂い……」

文彦は、唾液と吐息の混じった悩ましい匂いに酔いしれて喘いだ。

「ダメよ、恥ずかしいから言わないで……」

友里子が囁き、羞恥を感じるたび膣内がキュッときつく締まった。

そして収縮と蠢きも活発になり、溢れる愛液が彼の陰嚢から肛門の方にまで生温かく伝い流れてきた。

さらに友里子の口に顔を擦りつけると彼女も舌を這わせてくれ、たちまち文彦の顔中は美熟女のかぐわしい唾液でヌルヌルにまみれた。

そして激しくズンズンと股間を突き上げ続けると、

「い、いっちゃう……、ああーッ……！」

たちまち友里子が声を上ずらせ、ガクガクと狂おしいオルガスムスの痙攣を開始してしまったのだった。

その収縮と摩擦に巻き込まれ、続いて文彦も昇り詰めてしまった。

「く……！　気持ちいい……」

彼も絶頂の快感に包まれながら口走り、熱い大量のザーメンをドクンドクンと勢いよく熟れ肉の奥にほとばしらせた。

「ヒッ……、感じる……！」

噴出を受け止めた友里子は、駄目押しの快感に息を呑んでペニスを締め付けてきた。

文彦も股間を突き上げながら、心ゆくまで快感を味わい、最後の一滴まで出し尽くしていった。

満足しながら動きを弱めていくと、

「ああ……、こんなに気持ち良かったの初めて……」

友里子も精根尽き果てたように声を洩らし、熟れ肌の硬直を解いてグッタリと彼に体重を預けてきた。

文彦は美熟女の重みと温もりを受け止め、まだ息づく膣内でヒクヒクと過敏に幹を震わせた。

「も、もう暴れないで、感じすぎるわ……」

彼女もすっかり敏感になって言い、ペニスの脈打ちを押さえつけるようにキュッときつく締め上げてきた。

彼は完全に動きを止め、友里子の甘い刺激の吐息を間近に嗅ぎながら、うっとりと快感の余韻に浸り込んでいったのだった……。

——バスルームに移動すると、また彼はムクムクと回復していった。

「ね、オシッコ出るところ見たい」

互いに身体を洗い流したあと、文彦は床に座ってせがみ、目の前に友里子を立たせて股間を突き出させた。

「そ、そんなの見たって仕方ないでしょう……」

「でも、どんなふうに出るのか見てみたいから」

尻込みする友里子に言い、文彦はあっという間に元の硬さと大きさを取り戻してしまった。

つい先日、この同じバスルームで娘の沙貴が放尿したと知ったら、友里子は一体どんな顔をすることだろうか。

とにかく割れ目に顔を埋め、放尿を促すように舌を這わせて吸い付くと、友里子もすっかり彼のパワーに操られるように尿意を高めはじめていった。

「く……、出そうよ、本当に……、顔にかかるから離れて……」

やがて彼女が息を詰めて言ったが、もちろん文彦はなおも舌を這わせていた。

すぐにも柔肉が蠢いて、温もりが変化した。

「あう、出ちゃう……！」

友里子が言うなり、チョロチョロとか細い流れがほとばしってきた。

文彦は口に受け、温もりと匂いを味わいながら喉に流し込んでしまった。

味は白湯のように淡く抵抗がなく、それでも勢いが増すと口から溢れた分が温かく肌を伝い流れた。

「あうう……、し、信じられないわ、こんなことするなんて……」

友里子は朦朧としながら呻き、ガクガクと膝を震わせながら放尿を続けた。

しかしピークを過ぎると急に勢いが衰え、流れは治まってしまった。

文彦は余りの雫をすすり、残り香を感じながら舌を挿し入れた。すると、すぐに新たな愛液がヌラヌラと溢れてきた。

「も、もうダメ……」

友里子が言って股間を離し、浴室内にある椅子に座り込んでしまった。

文彦はもう一度互いの全身にシャワー浴びせ、彼女を支えて立たせると身体を拭いてやった。そして、二人とも全裸のまま寝室に戻り、またベッドに横になった。

「もうこんなに勃って……」

添い寝すると、友里子が勃起したペニスを見て言った。

「うん、もう一回してみたい」

「じゃ、今度は上になる練習よ」

友里子も、もう一回する気満々で言い、彼は身を起こしていった。

そして股を開かせて股間を進め、正常位で挿入していったのだった。

「あう、いい……！」

ヌルヌルッと一気に奥まで貫くと、友里子が顔を仰け反らせて呻いた。もう、彼が童貞だったことなど忘れたように、文彦に翻弄《ほんろう》されはじめていた。

彼も身を重ね、胸で柔らかな巨乳を押しつぶしながら、激しく腰を突き動かしはじめたのだった……。

第六章　柔肉に挟まれて大興奮

1

「卒業文集の目次も決まりましたので、あとは僕と山辺さんが最後の原稿を書いてまとめるだけです」

翌日の放課後、文彦は文芸部室で顧問の亜佐美に言った。

「そう、ご苦労様」

彼女は答えたが、旧館で人けのない部室の三階に二人きりで、先日の体験もあるのでかなり緊張気味だった。

文芸部はそれほど活発なクラブではないが、それでも部員の一年分の原稿はあるし、部長と副部長の文彦と沙貴が任されているので、もう文集の制作は最終段階に入っていた。

「ね、先生」

話を終えると、文彦は亜佐美に迫って唇を求めた。

「ダメよ、加賀くん、学校でなんて……、ウ……」

亜佐美はためらったが、とうとう唇を奪われて小さく呻いた。

文彦は美人教師の柔らかな唇の感触を味わい、鼻から漏れる湿り気ある淡いシナモン臭の息を嗅ぎながら舌を挿し入れていった。

滑らかな歯並びを舌先で左右にたどり、ブラウスの膨らみに手を這わせると、

「ンン……」

たちまち彼の淫気パワーに巻き込まれたように彼女が熱く呻き、歯を開いて舌の侵入を受け入れてくれた。

彼は舌をからめ、生温かくトロリと濡れた美人教師の舌を味わい、柔らかな膨らみを揉みしだき、さらにスカートの中にも手を差し入れていった。

パンストと下着越しに割れ目を探ると、

「ああッ……、ダメよ……」

亜佐美が口を離して喘ぎ、彼は口から吐き出される濃厚な吐息の匂いにゾクゾクと

高まった。

「ね、ここに座って」

彼もいったん離れて言い、自分は椅子に座りながら亜佐美の裾をめくり、下着ごとパンストを下ろして彼女を目の前の机に座らせた。

「もっと開いて」

「アア……、誰かが来るといけないわ……」

「大丈夫、誰も来ないよ」

文彦は言いながら顔を寄せ、亜佐美の両脚を机の上でM字にさせてしまった。

割れ目からはみ出した陰唇が僅かに開き、ヌメヌメと潤いはじめた膣口と、光沢あるクリトリスが覗いていた。

彼は顔を埋め込み、柔らかな茂みに鼻を擦りつけて汗とオシッコの匂いを貪り、舌を挿し入れて蠢かせた。

淡い酸味のヌメリが舌の動きを滑らかにさせ、彼は息づく膣口の襞を掻き回し、味わいながらゆっくり柔肉をたどってクリトリスまで舐め上げていった。

「あう……、ダメよ、感じる……」

次第に亜佐美も朦朧となって呻き、ムッチリと張り詰めた内腿を震わせながら、トロトロと新たな愛液を漏らしてきた。

そして股間を突き出していられず、彼女は身体を後ろに倒して、机の上に仰向けになってしまった。

部室の机は教室と同じ一人用だが、会議のためいくつか並んでいるので充分な広さはあった。

文彦は執拗にクリトリスを舐め回しては愛液をすすり、さらに彼女の両脚を浮かせ白く豊満な尻の谷間にも鼻を埋め込んでいった。

可憐なピンクの蕾には秘めやかな匂いが沁み付き、嗅ぐたびに悩ましい刺激が鼻腔を掻き回してきた。

彼は顔中で双丘の弾力を味わい、匂いを貪ってから舌を這わせ、ヌルッと潜り込ませて滑らかな粘膜を探った。

「く……！」

亜佐美が呻き、キュッと肛門で舌先をきつく締め付けてきた。

文彦は執拗に内部で舌を蠢かせ、ようやく割れ目に戻って大量の愛液をすすり、またクリトリスに吸い付いた。

「も、もうやめて……、アアーッ……！」

たちまち亜佐美が声を上ずらせ、ガクガクと狂おしい痙攣を開始した。神聖な校内でという緊張感からか、あっという間にオルガスムスに達してしまったようだ。

文彦も、美人教師の匂いを充分に吸い込んでから舌を引っ込めた。

そして正体を失ってヒクヒク震えている彼女が自分を取り戻すまで、彼もズボンと下着を下ろして勃起したペニスを露出させた。

さらに彼女の膝まで降りて乱れているパンストとショーツも、完全に引き脱がせてしまった。

「ああ……、学校でするなんて……」

やがて亜佐美が荒い息遣いを繰り返しながら言い、ノロノロと身を起こしてきた。

「じゃ、先生、ここに座って」

文彦は彼女を支えながら机から下ろし、椅子に座らせた。

そして自分は入れ替わりに机に座り、彼女の目の前で股を開き、ピンピンに勃起しているペニスを突き付けた。

亜佐美も、吸い寄せられるように先端に顔を迫らせ、粘液の滲む尿道口をチロチロと舐め回してくれた。

張り詰めた亀頭にもしゃぶり付き、そのままスッポリと根元まで呑み込み、幹を丸く締め付けて強く吸い、熱い息を彼の股間に籠もらせた。

「ああ、気持ちいい……」

文彦が喘ぐと、亜佐美は口の中でクチュクチュと舌を蠢かせ、肉棒全体を生温かな唾液にどっぷりと浸してくれた。

ズンズンと股間を突き上げると、

「ンン……」

彼女も熱く呻きながら顔を上下させ、スポスポと濡れた口で強烈な摩擦を繰り返してくれた。

「い、いきそう、入れたい……」

文彦が口走ると、亜佐美もスポンと口を引き離した。

このまま口に出させてしまえばすぐ終わるのだが、やはり彼女も一つになりたいのだろう。

彼は机から降りて椅子に座り、正面から亜佐美に跨がらせた。

彼女もすっかり淫気に満たされ、自分から先端に割れ目を押し付け、息を詰めてゆっくり腰を沈めながらヌルヌルッと根元まで受け入れていったのである。

「アアッ……！」

深々と嵌《は》め込むと、亜佐美は股間を密着させながら喘いだ。

彼も両手で抱き留め、熱いほどの温もりと感触を味わった。

ブラウスのボタンを外して左右に開き、ブラをずらして中から巨乳をはみ出させると、チュッと乳首に吸い付き、内から漂う甘ったるい汗の匂いに高まった。

亜佐美も、すぐに腰を上下させ、溢れる愛液で動きを滑らかにさせた。

ピチャクチャと淫らに湿った摩擦音が聞こえ、文彦も亜佐美の喘ぐ口に鼻を押し付け、艶めかしく濃厚な吐息を嗅ぎながら絶頂を迫らせた。

「い、いきそうよ……、加賀くん、もっと突いて……」

彼女が声を上ずらせて言い、文彦も懸命に股間を突き上げながら、快感に絶頂を迫らせていった。

顔を寄せているので、互いの混じり合った息で彼女のメガネのレンズが曇った。

さらに亜佐美の口に鼻を押し込み、唾液と吐息の匂いで胸を満たすと、彼女もヌラヌラと舌を這わせて彼の鼻をしゃぶってくれた。

「い、いく……！」

とうとう文彦は昇り詰めて口走り、大きな快感とともに熱い大量のザーメンをドクンドクンと勢いよく柔肉の奥にほとばしらせてしまった。

「あう、感じる……！」

噴出を受け止めると、亜佐美も息を詰めて身を強ばらせた。

そのままガクガクとオルガスムスの痙攣と収縮を開始したが、さすがに校内というのが頭の隅にあるのか、大きな声を上げることはなかった。

文彦は亜佐美の息を嗅ぎながら心ゆくまで快感を噛み締め、最後の一滴まで出し尽くしていった。

「アア……」

満足して動きを止めると、彼女も力を抜いて声を洩らし、グッタリと文彦にもたれかかってきた。

校内という衝撃が大きかったか、いつまでも女教師の膣内はヒクヒクと締まり、彼も過敏に反応しながら呼吸を整えたのだった……。

2

「今日一緒に、先輩の家へ行きたいのだけど、いいかしら」

学食で文彦が食事していると、珍しく沙貴が校内で声をかけてきて、向かいに座った。今日は終業式の前日、最後の授業も午前中で終わった。

三学期は受験のため自由登校なので、これで高校時代の授業はない。

「うん、どんな先輩？」

「二級上なのだけど、麻理江《まりえ》さんといって美大生なの。マンガも描いてサークルで売っているのだけど、どうしても男性モデルがほしいって」

「モデルって、ヌード？」

「ええ……、本当は文彦くんを他の女性に見せたくないのだけど、麻理江さんだけは特別なの……、女同士で少しだけしたこともあるし」

「わあ、そうなんだ」

聞いて、文彦は急に好奇心を湧かせて股間を疼かせた。

沙貴のような美少女が今まで無垢だったのも、その先輩と戯れていたからなのだろう。彼女が文芸部に入ったのは二年生からで、一年生の頃は美術部にいたようで、その頃三年生だった先輩らしい。

「いいよ、じゃ行こう」

彼は頷き、やがて二人で昼食を済ませると、一緒に下校し真っ直ぐ麻理江の家へと案内してもらった。

そこはマンションの六階で、商社マンの父親は海外赴任、母親も今は一緒に行っており、家には麻理江一人のようだった。

「お邪魔します。加賀文彦です」

文彦が、沙貴と一緒に部屋を訪ねると、彼女の先輩である二十歳の麻理江が出てきて二人を迎えてくれた。

「わあ、いい男で良かったわ。それに、すごいオーラがあるわね」

麻理江は彼を見るなり、顔を輝かせて言った。どうも気さくで、物怖じしないタイプらしい。

沙貴の姉貴分だから美女を想像していたのだが、麻理江はソバカスのあるスッピンで丸メガネ、ジャージ上下の姿で癖っ毛をツインテールにした、マンガのキャラクターみたいな子であった。

体型もぽっちゃりして胸も尻も豊かで、招き入れられた私室も夥しい本やマンガが山と積まれ、甘ったるい体臭が立ち籠めていた。

もちろん文彦は、この千年間でも初めて会うタイプに激しく欲情してきた。

「散らかっててごめんんね。徹夜で同人誌に取り組んで、さっき少し仮眠していたところなの」

麻理江は言うが、いつも散らかっている感じである。

きっとこの強引さで、可憐な沙貴にレズ的な行為を求めたのだろう。

「話は聞いているわね。じゃ早速だけど脱いで」

麻理江がスケッチブックを出して、文彦に言った。

「ヌードデッサンのモデルは美大にもいるんだけど、どうもタイプじゃない男ばかりで、私は美少年という感じが好みなの。文彦くんはイメージにピッタリだわ」

彼女が言い、文彦も服を脱ぎはじめていった。

沙貴は、途中で買ってきたジュースを飲みながら片隅に座っていた。

やがて全裸になると、文彦は麻理江のベッドに横たわった。

枕には、今までで一番濃い匂いが悩ましく沁み付いていて、その刺激が股間に伝わってきた。

「わあ、勃《た》ってきたわ。嬉しい」

麻理江は言い、すぐにも熱い視線を文彦に這わせながらスケッチをはじめた。

寝ている全体像から、次第にピンピンに勃起してゆくペニスのアップ、それに様々なポーズを要求してきた。

「じゃ仰向けになって脚を上げて、自分で肛門を広げて」

言われるまま、文彦はゾクゾクと興奮しながら脚を浮かせ、自ら両の指で尻の谷間を広げると、麻理江も覗き込んで手早く素描《そびょう》した。

沙貴もじっと見ているが頬が紅潮しているので、かつては同じようにモデルをさせられたのかも知れない。

「いいわ、じゃ沙貴も脱いで、からんでみて」

麻理江が言うと、すでに言われていたのか、沙貴も素直に立ち上がって服を脱ぎ、一糸まとわぬ姿になって添い寝してきたのだった。

もちろん麻理江は、沙貴が文彦を相手に初体験したことも聞いているだろう。

また沙貴が教えてくれたのだが、麻理江は美大に入った頃に彼氏が出来、一年半ほど付き合って別れたとのことだった。

だから今は一人だが、それなりに快楽も知っているようだ。

「じゃ抱き合ってね、沙貴は甘えるように」

言われると沙貴が素直に彼の胸に顔を埋め、文彦も腕枕してやり、添い寝した様子を麻理江が手早くスケッチした。

「ああ、興奮してきたわ……」

やがて麻理江はスケッチブックを置いて言い、てきぱきと自分も脱ぎはじめてしまったのだった。

どうやら沙貴も予想していたようで、それほどの動揺は見受けられなかった。みるみる全裸になった麻理江は、見事な乳房を露わにし、メガネを外すと目を見張るような美貌で、文彦の期待も高まった。

「ね、一緒に食べましょう」

全裸になった麻理江が沙貴に言い、彼を大股開きにさせると、女二人で一緒になって股間に顔を寄せてきたのだ。

文彦は、二人分の熱い視線と息を股間に感じ、ゾクゾクと興奮を高めていった。

すると麻理江はさっき彼に取らせたのと同じポーズをさせ、両脚を浮かせて尻を突き出させたのだ。

「綺麗な蕾だわ。私が男だったら、ここに突っ込んで犯したい」

ボーイズラブのマンガも描いているようで、麻理江がそんなことを言いながら彼の肛門にチロチロと舌を這わせてきた。

「あう……！」

ヌルッと潜り込むと、文彦は唐突な快感に呻き、キュッと肛門で彼女の舌先を締め付けた。まさか初対面の美女が、最初に触れてくるのが肛門とは思わなかった。

麻理江は熱い鼻息で陰嚢をくすぐりながら、中で舌を蠢かせ、時に出し入れさせるように動かした。

やがて彼女がヌルッと舌を引き抜き、

「沙貴もして」

言うと沙貴も素直に舌を這わせ、同じようにヌルリと潜り込ませてくれた。

「く……」

微妙に感触の違う舌先を受け入れ、彼はモグモグと締め付けながら快感に呻いた。

そして沙貴が舌を離すと、彼の脚が下ろされ、美女と美少女は同時に顔を迫らせ、陰嚢に舌を這わせてきた。

それぞれの睾丸が舌で転がされ、優しく吸われ、混じり合った熱い息が股間に籠もった。

袋全体が生温かなミックス唾液にまみれると、いよいよ二人の舌が肉棒の裏側と側面を、味わうようにゆっくりと舐め上げてきた。

滑らかな感触がダブルで幹を刺激し、先端までたどり着いた。

先に麻理江が、粘液の滲む尿道口をチロチロと舐め、張り詰めた亀頭をしゃぶり、スッポリと喉の奥まで呑み込んでいった。

「ああ……」

文彦は快感に喘ぎ、麻理江の口の中でヒクヒクと幹を震わせた。

彼女も深々と頬張り、幹を締め付けて吸い付き、クチュクチュと舌をからめて唾液にヌメらせた。

そして頬をすぼめて強く吸いながら、スポンと引き抜くと、幹を握って沙貴の口に先端を向けた。何やら、姉が食べかけのキャンディを妹に舐めさせてやるような仕草である。

沙貴もしゃぶり付いてモグモグと深く含み、笑窪の浮かぶ頬をすぼめて吸い付き、チロチロと舌を蠢かせてきた。

これも麻理江とは微妙に違う感触と温もりで、異なる刺激を続けざまに味わうと文彦は急激に絶頂を迫らせていった。

「い、いきそう……」

「いいわ。出しちゃって。二人で全部飲んであげる」

彼が口走ると麻理江が答え、二人で交互に含んではスポスポと摩擦し、あるいは同時に亀頭を舐め回してきた。

「い、いく……、アアッ……！」

たちまち文彦は昇り詰め、溶けてしまいそうな快感に包まれた。

同時に、熱い大量のザーメンがドクンドクンと勢いよくほとばしった。

「ンン……」

ちょうど含んでいた麻理江が熱く鼻を鳴らして噴出を受け止め、すぐ口を離して余りを沙貴に与えた。

沙貴も亀頭にしゃぶり付いて、余りのザーメンを全て吸い出してくれた。

「アア……、気持ちいい……」

文彦は最後の一滴まで出し尽くし、声を洩らしながらグッタリと身を投げ出した。

二人も、さらに顔を寄せ合い、尿道口から滲む余りの雫まで丁寧に舐め取って綺麗にしてくれたのだった。

3

「も、もういい、どうも有難う……」

文彦が呻いて言い、クネクネと過敏に腰をよじらせると、ようやく二人も舌を引っ込めてくれた。

「こんなに美味しく感じたの初めてよ」

「他の人のは、美味しくないの？」

「ええ、生臭いだけで、美味しくも何ともないけど、文彦くんのは力が湧いてくる気がする」

全て飲み干してくれた麻理江と沙貴の感想を聞きながら、文彦は荒い呼吸を繰り返して余韻を味わった。

「ね、入れたいわ。すぐ勃つかしら。どうすればいい？」

麻理江が休む暇も与えずに言い、もちろん文彦も不老不死のパワーで、あっという間に淫気を回復していた。

「じゃ、二人ここに立って、顔に足を乗せて」

「まあ、踏まれたいの？　そんなことするの初めて……」

文彦が言うと、麻理江も激しく好奇心を湧かせたように言い、沙貴を促して立ち上がり、仰向けの彼の顔の左右にスックと立った。

そして女同士で身体を支え合いながら、そろそろと片方の足を浮かせ、同時に足裏を彼の顔に乗せてくれた。

「ああ……」

文彦は、二人分の足裏の感触を味わいながら喘ぎ、すっかり回復したペニスをヒクヒク震わせた。

それぞれの足裏に舌を這わせ、指の股に鼻を割り込ませて嗅いだ。

麻理江はずっと部屋に籠もって、入浴もせず根を詰めて作業していたようで、そこは沙貴よりジットリと汗と脂に湿り、ムレムレの匂いが濃厚に沁み付いていた。

彼は二人分の蒸れた足の匂いを吸収し、交互に爪先をしゃぶって指の股に舌を挿し入れて味わった。

「アア……、くすぐったくて、いい気持ち……」

麻理江がうっとりと喘ぎ、彼の口の中で爪先を蠢かせた。

さらに足を後退させ、文彦は二人分の新鮮な味と匂いを貪った。

「顔を跨いでしゃがんで」

舐め尽くしてから言うと、先に麻理江が彼の顔に跨がり、和式トイレスタイルでしゃがみ込んできた。あまり羞恥心はないようで、動きにもためらいがない。

脚がM字になってムッチリ張り詰めると、熱気の籠もる割れ目が彼の鼻先に迫ってきた。

恥毛は濃い方だが、割れ目からはみ出す花びらはまだ初々しく綺麗なピンク色をしていて、すでに大量の愛液が溢れてヌメヌメと潤っていた。

指で陰唇を開くと、膣口が息づき、小指の先ほどもある大きめのクリトリスがツンと突き立って光沢を放っていた。

腰を抱き寄せ、柔らかな茂みに鼻を埋め込んで嗅ぐと、汗とオシッコの匂いが混じり合い、濃厚に鼻腔を刺激してきた。彼は貪るように嗅ぎながら、舌を挿し入れてヌメリを掻き回した。

「アア……、いい気持ち……」

麻理江が喘ぎ、キュッと彼の顔に股間を押しつけてきた。

文彦も匂いに噎せ返りながら膣口を探り、クリトリスまで舐め上げて吸い付いた。

チロチロと舐めると、熱い愛液が泉のようにトロトロと溢れてきた。

さらに尻の真下に潜り込み、顔中に双丘を受け止めて蕾に鼻を埋めると、生々しい微香が籠もっていて悩ましく胸に沁み込んできた。

彼は充分に嗅いでから舌を這わせて襞を濡らし、ヌルッと潜り込ませて滑らかな粘膜を探った。

「あう……、変な感じ……」

麻理江が、キュッキュッと肛門で舌先を締め付けて呻いた。あるいは以前の彼氏はここまで舐めてくれなかったのかも知れない。

そして彼が前も後ろも舐めると、麻理江が快感を断ち切るようにノロノロと股間を引き離し、沙貴と交代してくれた。

沙貴もしゃがみ込んで割れ目を押し付けてきたので、文彦は美少女の悩ましい匂いを貪り、舌を挿し入れて膣口とクリトリスを舐めてやった。

「あん……」

沙貴も熱く喘ぎ、麻理江に負けないほど大量の蜜を漏らしてきた。

文彦は沙貴の尻にも潜り込み、肛門に籠もった微香を貪ってから舌を這わせ、ヌルッと潜り込ませて粘膜を味わった。

「く……」

沙貴もキュッと肛門で舌を締め付けて呻き、溢れる愛液を彼の鼻先に垂らした。

「すごい、もうこんなに勃って……」

麻理江がペニスを見て言い、もう我慢できないように跨がってきた。

沙貴も彼の顔から股間を引き離し、自分の彼氏が他の女性と交わるところを覗き込んだ。

先端を割れ目にあてがい、麻理江は息を詰めてゆっくり腰を沈み込ませた。

たちまち張り詰めた亀頭が潜り込み、ヌルヌルッと根元まで嵌まり込んでいった。

「アアッ……、深くまで感じるわ……」

完全に座り込み、股間を密着させた麻理江が顔を仰け反らせて喘ぎ、キュッキュッと味わうように締め付けてきた。

文彦も肉襞の摩擦と温もり、大量の潤いと締め付けを味わいながらジワジワと高まってきた。

麻理江は彼の胸に両手を突っ張り、上体を反らせ気味にしながらグリグリと腰を動かし、次第にリズミカルに股間を上下させていった。

溢れる愛液で律動が滑らかになり、クチュクチュと湿った摩擦音が聞こえ、彼の陰嚢から肛門の方にまでヌメリが伝い流れてきた。

「す、すぐいきそうよ。こんなにいいの初めて……！」

麻理江が声を上ずらせて言い、脚をM字にしてしゃがみ込み、スクワットをするようにズンズンと腰を上下させた。

幸い文彦も射精したばかりだから暴発の恐れはなく、沙貴も控えているから絶頂を控えて感触だけを味わった。

たちまち膣内が収縮を活発にさせ、彼女が動きを早めてきた。

「い、いっちゃう……、気持ちいいわ、アアーッ……！」

突然にオルガスムスの大波が押し寄せ、麻理江は熱く喘ぎながらガクガクと狂おしい痙攣を繰り返した。

沙貴は嫉妬もせず、傍《かたわ》らで息を呑んで麻理江の絶頂を見守っていた。

文彦も巻き込まれて暴発しないように注意して保ち、やがて麻理江が満足してグッタリともたれかかってきた。

「ああ、良かった……」

息も絶えだえになって言い、呼吸も整わないうちに股間を引き離し、沙貴のためにゴロリと横になって場所を空けた。

すると沙貴もすぐに跨がり、湯気さえ立てて麻理江の愛液にまみれているペニスを膣口に受け入れて座り込んだ。

再び彼自身は、ヌルヌルッと滑らかに、微妙に感触や温もりの異なる膣内に深々と嵌まり込んでいった。

「アアッ……！」

沙貴も顔を仰け反らせて喘ぎ、股間を密着させてキュッときつく締め付けてきた。

文彦が快感を味わいながら両手を回して抱き寄せると、沙貴もゆっくりと身を重ねてきた。

まだ動かず、彼は顔を上げて美少女のピンクの乳首に吸い付き、舌で転がしながら顔中で張りのある膨らみを味わった。

そして左右の乳首を舐め、ジットリ汗ばんだ腋の下にも鼻を埋め、甘ったるい汗の匂いを貪った。

すると余韻に浸っていた麻理江が割り込み、彼の顔に乳房を押し付けてきたのだ。

やはり、自分が舐めてもらっていない場所を愛撫されるのを見ると、対抗意識が湧いたのかも知れない。

文彦は、麻理江の左右の乳首も含んで舐め回し、顔中で膨らみの感触を味わった。

そして麻理江の腋の下にも鼻を埋め込むと、そこには淡い和毛が煙り、濃厚に甘ったるい汗の匂いが沁み付いていた。

彼氏もいないし趣味の作業が忙しいのでケアもせず、体臭も濃いので、その刺激がゾクゾクとペニスに伝わってきた。

やがて文彦も待ちきれないようにズンズンと股間を突き上げ、沙貴の膣内の感触に高まっていった。

さらに下から顔を引き寄せ、沙貴に唇を重ねていくと、また麻理江が割り込み、三人で唇を合わせたのだった。

　舌を挿し入れると、二人も同時にヌラヌラと舌をからめ、彼は混じり合った唾液と滑らかな舌を二人分味わった。

　沙貴の息はいつものように可愛らしく甘酸っぱい匂いで、麻理江の息は似たような果実臭だが、ほのかなガーリック臭も感じられ、その刺激が実に新鮮に胸に沁み込んできた。

「唾を飲ませて……」

　文彦は、二人分の吐息を嗅ぎながらせがみ、突き上げを強めていった。

4

「飲みたいの？　美味しいのかしら……」

　麻理江は言いながらも懸命に口いっぱいに唾液を分泌させ、唇をすぼめて近づき、白っぽく小泡の多い唾液をトロトロと吐き出してくれた。

　沙貴も同じように滴らせ、それらを口に受けた文彦は、混じり合った唾液を味わって飲み込み、うっとりと喉を潤して酔いしれた。

「顔中にも……」

さらにせがむと、二人は文彦の顔中にヌラヌラと舌を這わせてくれた。

「ああ、もっと垂らして塗り付けて……」

言うと二人とも、大量の唾液を吐き出しながら舌で塗り付けてくれ、たちまち彼の顔中は美女と美少女の唾液で、まるでパックされたようにヌルヌルにまみれた。

その間も股間を突き上げ、文彦は肉襞の摩擦と締め付け、二人分の唾液のヌメリと匂いに包まれながら昇り詰めてしまった。

「い、いく……、気持ちいい……！」

大きな快感に口走り、ドクンドクンと熱い大量のザーメンを勢いよくほとばしらせると、

「アアーッ……！」

噴出を受けた沙貴も声を上げ、収縮を強めながらガクガクと狂おしいオルガスムスの痙攣を開始したのだった。

文彦も絶頂の最中は二人の顔を引き寄せ、唾液に濡れた唇に顔中を擦り付けた。さらに二人の舌を舐め回して吐息を嗅ぎながら快感を噛み締め、最後の一滴まで出し尽くしていった。

そして大きな満足の中で動きを止め、力を抜いていった。

「ああ……、すごい……」

沙貴も力尽きて強ばりを解き、グッタリと彼にもたれかかってきた。

彼女もすっかりセックスに慣れて、前の時以上の快感が得られて満足そうである。

まだ収縮する膣内で、彼はヒクヒクと過敏に幹を震わせ、二人分の唾液と吐息を吸収しながら、うっとりと快感の余韻を味わった。

「こんな体験が出来るなんて……」

麻理江も、二人分の快楽が伝わったようにとろんとした眼差しで言い、身を寄せ合ったまま三人は荒い息遣いを整えた。

ようやく沙貴がノロノロと股間を引き離すと、三人でベッドを降り、バスルームへと移動した。

狭い洗い場でシャワーを浴び、身体を洗い流すと文彦はまたムクムクと回復した。

もちろん彼は床に座り、二人を左右に立たせて肩を跨がせ、顔に股間を向けてもらった。

「オシッコかけて」

「まあ……、そんなことされたいの……」

言うと麻理江は驚いて答え、沙貴は遅れないよう早くも下腹に力を入れはじめた。

やがて麻理江も懸命に息を詰めて尿意を高め、文彦は左右から迫る割れ目を交互に舐めた。

二人とも恥毛に籠もっていた匂いは薄れてしまったが、新たな愛液が溢れて舌の動きを滑らかにさせた。

「あう、出るわ……」

先に沙貴が言い、チョロチョロと熱い流れをほとばしらせてきた。

「わあ、本当に出したのね。しかも口に受けてる……」

麻理江がそれを見て言い、間もなく自分もポタポタと温かな雫を滴らせ、か細い放尿を開始してくれた。

交互に舌に受けると、どちらも味も匂いも淡く清らかで、抵抗なく喉を通過していった。

しかも淡い匂いでも、二人分となると悩ましく鼻腔を刺激してきた。

片方を味わっていると、もう一人の流れが温かく肌に浴びせられた。

しかし二人とも多くは溜まっておらず、間もなくほぼ同時に流れが治まってしまった。文彦は残り香の中で、それぞれの割れ目を舐めて余りの雫をすすったが、たちまち淡い酸味のヌメリが溢れてきた。

「も、もうダメ……」

麻理江が股間を引き離して言い、沙貴も感じて座り込んできた。

三人でもう一度シャワーを浴び、立ち上がって身体を拭いてから再びベッドに戻っていった。

「ね、もう一度したいわ」

麻理江が言って彼を真ん中に仰向けにさせ、沙貴を促し、女二人で愛撫しはじめてくれた。

左右から二人が身を寄せ、申し合わせたように同時に文彦の乳首に吸い付き、それぞれの熱い息が肌をくすぐり、チロチロと乳首が舐められた。

「嚙んで……」

「大丈夫？」

言うと、二人も軽く前歯で乳首を挟んでくれた。

「あう、もっと強く……」

文彦は甘美な刺激に呻き、ペニスも完全に元の硬さと大きさを取り戻した。

二人が左右の乳首を舌と歯で愛撫しているが、対称的なようで微妙に異なり、それが何ともいえない刺激となって、彼をゾクゾクと高ぶらせた。

やがて二人は彼の肌を下降し、腰から脚、足裏にまで移動した。

そして同時に爪先にしゃぶり付いたので、文彦は申し訳ないような快感に悶え、温かく濡れた舌を左右の足指で挟み付けた。

口を離すと、彼は大股開きにされ、また女二人が股間に顔を寄せ、頬を寄せ合いながら陰嚢にしゃぶり付き、交互に亀頭を含んでは吸い付き、スポンと引き抜いては交代して舌をからめた。

「ああ、気持ちいい。いきそう……」

混じり合った唾液にまみれたペニスを震わせて彼が言うと、すぐに二人は舌を引っ込めた。

「ね、今度は私の中でいって」

麻理江が言い、仰向けになってきた。

文彦も身を起こし、正常位で股間を進め、濡れた割れ目に亀頭を擦り付け、ゆっくりと膣口に押し込んでいった。

ヌルヌルッと根元まで嵌め込むと、

「アアッ……、いい……」

麻理江が顔を仰け反らせて喘ぎ、キュッと締め付けてきた。

文彦は温もりと感触を味わいながら身を重ね、やはり並んで寝ている沙貴の胸にも顔を埋めて乳首を吸い、徐々に腰を突き動かしていった。

麻理江も大量の愛液を漏らして動きを滑らかにさせ、下からもズンズンと股間を突き上げてきた。

「す、すぐいきそうよ……、すごく気持ちいいわ……」

急激に高まった麻理江は、熱い息を弾ませた。

文彦も動きを速めながら二人分の乳首を舐め、のしかかるようにして、それぞれの唇を奪って舌をからめた。

果ては三人同時に舌をからめ、文彦は二人分の唾液と悩ましい吐息を嗅ぎながら激しく昇り詰めていった。

「く……！」

突き上がる絶頂の快感に呻き、彼はありったけの熱いザーメンをドクンドクンと勢いよく麻理江の柔肉の奥にほとばしらせてしまった。

「あ、熱いわ。いく……、ああーッ……！」

噴出を感じた途端に麻理江も声を上ずらせ、ガクガクと狂おしいオルガスムスの痙攣を開始した。

文彦は快感を嚙み締め、心置きなく最後の一滴まで出し尽くすと、すっかり満足しながらもたれかかっていった。

「アア……」

動きを弱めると麻理江も精根尽き果てたように硬直を解き、グッタリと身を投げ出して声を洩らした。

収縮する膣内でヒクヒクと過敏に幹を震わせ、文彦は二人分の甘酸っぱい吐息を嗅ぎながら、うっとりと快感の余韻に浸り込んでいったのだった……。

5

「ごめんなさいね、沙貴がいないものだから急に会いたくなって」

文彦が訪ねていくと、友里子が淫気に熱くなった眼差しを向けて言った。

下校途中に友里子からメールをもらい、もちろん文彦も美熟女への淫気を高めて訪ねてきたのである。

今日は、終業式の帰りだった。

明日から冬休み。沙貴は女友達の家へ行き、皆で夕食をするらしい。

「もう沙貴とはしちゃった？」

「いえ、まだ」

「そう、文彦くんは受験があるものね」

答えると、友里子もすぐ信じたようだった。沙貴が処女を失った素振りを見せないので、友里子も気づかないらしい。

沙貴は、女子大への推薦が決まっているのでノンビリした冬休みを迎えていた。

「合格してから、ゆっくり体験するといいわ」

友里子は理解のあるところを見せながらも、自分は先日の快楽が忘れられず、彼を寝室に招き入れた。

あとは言葉など要らず、文彦が脱ぎはじめると、友里子も期待に目を輝かせながら手早く脱いでいった。

「メールに書いてあったけど、本当にシャワー浴びる前でいいの……？」

三十九歳の熟れ肌を露わにさせながら、急に不安になったように友里子が言った。

「ええ、自然のままの匂いがあった方が興奮するので」

「本当は、浴びて準備していたかったのよ。今日もお買い物でずいぶん歩いて汗をかいているし」

言いながら、モジモジと最後の一枚を脱ぎ去った。

文彦も全裸になってベッドに横たわり、枕に沁み付いた友里子の匂いを嗅いでピンピンに勃起していった。

彼女も添い寝し、文彦は腕枕してもらい、腋の下に鼻を埋め込んで、生ぬるく甘ったるい汗の匂いを貪った。

「アア……」

触れただけで、すぐにも友里子は熱く喘ぎ、うねうねと熟れ肌を悶えさせた。

前回、相当に欲求の溜まっているところへ絶大な快感を与えたから、今回も待ちきれなかったようだ。

やがて彼女が仰向けの受け身体勢になったので、文彦も豊満な熟れ肌にのしかかり乳首に吸い付いていった。

顔中を豊かな膨らみに押し付けて感触を味わい、コリコリと硬くなった乳首を舌で転がし、軽く歯でも刺激しながら、もう片方を揉みしだいた。

「い、いい気持ち……、もっと強く……」

友里子が声を震わせて言いながら、両手を回して彼の顔を胸に抱きすくめた。

文彦も左右の乳首を交互に含んで舐め回し、やがて肌を舐め降りていった。

スベスベの白い肌は淡い汗の味がし、彼は形良い臍を舐め、腹部に顔中を押し付けて弾力を味わった。

そして豊満な腰のラインからムッチリした太腿、脚を舐め降りて足首まで行き、足裏に回り込んで踵から土踏まずを舐め回した。

縮こまった指の間に鼻を押し付けると、蒸れた匂いが悩ましく鼻腔を刺激し、彼は爪先にしゃぶり付いて順々に舌を割り込ませていった。

「あう……」

友里子は呻いたが、何しろ前回の夢のような快楽があるので、何もかも彼に任せて身を投げ出していた。

文彦は左右の足指をしゃぶり尽くし、味と匂いを堪能してから彼女を大股開きにさせ、脚の内側を舐め上げて股間に前進していった。

「アア、恥ずかしい……」

彼が内腿を舐め上げて割れ目に近づくと、友里子もすっかり興奮を高め、白い下腹をヒクヒク波打たせて喘いだ。

中心部に迫っていくと、文彦の顔中を熱気と湿り気が包み込んだ。見ると、割れ目からはみ出した陰唇は、ネットリと大量の愛液に潤っていた。

指で陰唇を広げて中を見ると、かつて沙貴が生まれ出てきた膣口が息づき、僅かに白っぽい本気汁も滲み出ていた。大きめのクリトリスも真珠色の光沢を放ち、愛撫を待つようにツンと突き立っていた。

「そ、そんなに見ないで……」

「ね、オマ×コお舐めって言って」

「まあ、そんなこと言わせたいの……」

股間から言うと、友里子が羞恥に声を震わせ、新たな愛液をトロリと漏らした。

「い、いいわ。早く舐めて欲しいから……。オ、オマ×コ舐めて……、アアッ！」

友里子が口走り、自らが放った恥ずかしい言葉に激しく喘いだ。

文彦ももう焦《じ》らさず、ギュッと顔を埋め込んで柔らかな恥毛に鼻を擦りつけ、隅々に籠もる汗とオシッコの蒸れた匂いを嗅いで、舌を挿し入れていった。

生ぬるく濡れた柔肉を舐めると愛液が淡い酸味を含んで舌の動きを滑らかにさせ、彼は息づく膣口の襞を掻き回し、ゆっくり味わいながらクリトリスまで舐め上げていった。

「アアッ……、いい気持ち……！」

友里子がビクッと仰け反って喘ぎ、内腿でキュッときつく彼の顔を挟み付けた。

文彦も豊満な腰を抱えて執拗にクリトリスを舐め、味と匂いを堪能した。

そして彼女の両脚を浮かせ、豊かな尻の谷間に鼻を埋め込み、蕾に籠もった微香を嗅いでから舌を這わせ、ヌルッと潜り込ませた。

「あう……！」

友里子が呻き、肛門でキュッときつく舌先を締め付けてきた。

文彦は内部で舌を蠢かせ、甘苦いような滑らかな粘膜を探った。

やがて舌を引き離すと、彼は唾液に濡れた肛門に左手の人差し指をズブリと潜り込ませ、脚を下ろして膣口に二本の指を押し込み、さらに再びクリトリスに吸い付いていった。

「あう、ダメ、良すぎてすぐいきそう……」

最も感じる三カ所を愛撫され、友里子が前後の穴で指を締め付けて呻いた。

彼も、それぞれの穴の中で小刻みに指を動かして内壁を擦り、膣内の天井も圧迫しては、激しくクリトリスを貪った。

「お、お願い、ダメ、もう止《よ》して……！」

すると友里子が身を起こして切羽詰まった声で言い、彼の顔を股間から追い出しにかかった。

やはり指と舌で果てるのは惜しく、早く一つになって若いペニスを味わいたいのだろう。文彦も充分に味わうと舌を引っ込め、前後の穴からヌルッと指を引き抜いてやった。

「く……」

友里子が呻き、股間をビショビショにさせて再び仰向けになった。

肛門に入っていた指に汚れの付着はなく、爪にも曇りはなかったが微香が感じられた。膣内に潜り込んでいた二本の指は、白っぽく攪拌《かくはん》された粘液にまみれ、指の間は膜が張り、指の腹は湯上がりのようにふやけてシワになり、淫らに湯気さえ立ち昇らせていた。

やがて添い寝していくと、友里子が身を起こして彼の股間に顔を移動させた。

幹に指を添え、粘液の滲む尿道口にチロチロと舌を這わせ、そのままスッポリと喉の奥まで呑み込んでいった。

「ンン……」

熱く鼻を鳴らして息を籠もらせ、幹を締め付けて吸いながらネットリと舌をからめてきた。

れた。

「ああ、気持ちいい……」

文彦も受け身になって快感に喘ぎ、美熟女の口の中で唾液にまみれた幹をヒクヒク震わせた。友里子も夢中になって顔を上下させ、スポスポとリズミカルに摩擦してくれた。

「い、いきそう……」

充分に高まって言うと、すぐに友里子もスポンと口を離して身を起こした。

「いい？　上から入れるわね」

彼女は言い、唾液にまみれて屹立したペニスに跨がってきた。

先端に濡れた割れ目を押し当てると、息を詰めて感触を味わうように、ゆっくり腰を沈めて膣口に受け入れていった。

張り詰めた亀頭が潜り込むと、あとはヌルヌルッと滑らかに根元まで呑み込まれ、

「アアッ……、奥まで届くわ……」

友里子が顔を仰け反らせて喘ぎ、キュッときつく締め上げてきた。

文彦も肉襞の摩擦と潤いを感じ、快感を噛み締めて股間に重みを受けた。

彼女は完全に座り込み、ピッタリと密着した股間をグリグリと擦り付けながら身を重ねてきた。

文彦は両手を回して抱き留め、僅かに両膝を立てて豊満な尻を支えた。

友里子はすぐにも股間をしゃくり上げるように動かしはじめ、上からピッタリと唇を重ねてきた。

彼も舌をからめ、合わせてズンズンと腰を突き上げた。

「ンンッ……！」

友里子は熱く呻いて彼の舌に吸い付き、やがて息苦しくなったように口を離して動きを速めた。

「アア、いきそうよ。もっと突いて、強く奥まで何度も……」

熱く囁くたび、湿り気ある甘い息が彼の鼻腔を刺激してきた。今日も彼女の吐息は白粉に似た刺激を含み、悩ましく彼の胸を酔わせた。

「唾を出して……」

高まりながらせがむと、友里子も懸命に唾液を溜めて口移しに注ぎ込んでくれた。

文彦は美熟女のトロリとした唾液で喉を潤し、息の匂いに絶頂を迫らせ、激しく股間を突き上げ続けた。

溢れる愛液が大洪水になって互いの股間をビショビショにさせ、膣内の収縮が活発になっていった。

「い、いっちゃう……、気持ちいいわ、アアーッ……！」

たちまち友里子がガクガクと狂おしく痙攣し、声を上ずらせながらオルガスムスに達してしまった。膣内の艶めかしい収縮に巻き込まれるように、続いて文彦も昇り詰めた。

「く……！」

快感に呻きながら、ありったけの熱いザーメンをドクンドクンと注入すると、

「あう、もっと出して……！」

噴出を感じた友里子が、駄目押しの快感を得て口走った。

文彦も心置きなく最後の一滴まで出し尽くし、美熟女の重みと温もりを受け止めながら、うっとりと力を抜いていったのだった。

第七章　月の世界で目眩《めくるめ》く昇天

1

（うん？　ボウガン……？）

文彦が、不穏な気配を察して振り向くと、森の中からシュッと矢が飛来してきた。

冬休みの第一日目、文彦は歩いて山中にあるルナ機関を訪ねるところだった。

彼は、飛び来る矢を発止《はっし》と受け止めて握った。すると、それを見た森の中に潜んでいる男が、激しく動揺する気配が伝わってきた。

「しつこいな。坂井に岡田だろう。こんな矢で、僕が死んでも構わないと思ったか。出てこい」

文彦が言い、握った矢をピュッと投げつけると、カッと幹に刺さる音がし、

「ひいい……！」

悲鳴が聞こえ、ガサガサと草が鳴って良治と順二が姿を現した。

冬休みに入り、執念深く文彦の動静を探って、どこかで襲おうと考え、ここまで追ってきたらしい。

どうやら殺したいほど文彦を憎み、物陰から矢を射て、命中したら退散するつもりだったようだ。

撃ったのは良治で、順二はもう一本の矢を握っていた。

「それをセットして、もう一度撃ってみろ」

「な、なに……」

文彦が両手を広げて言うと、良治が声を震わせながらも、順二の手から矢を取って装填した。

「この距離なら外すことはないだろう。後ろ向きになろうか」

彼は近づき、さらに背を向けた。

文彦は、かぐや姫を警護しようとして武士が射た矢が、雲に乗った天人から大きくそれた千年前のことを思い出していた。

あるいは刺さっても、すぐに治るということも試してみたかったのである。

「さあ、早く撃て」

背を向けたまま言い、両手を広げて待ったが、あまりの迫力に良治は引き金を引くことが出来ないようだ。

やがて殺気が消え、二人の逃げ出す足音が遠ざかっていった。

「何だ、撃たないのか」

文彦は振り返って言い、そのまま歩き出してルナ機関へと着いた。

敷地内に入り、鍵もかかっていないバラック小屋から地下に降りると、一人の幼女が駆け寄ってきた。

「パパ、会いたかったわ」

「うわ、香具夜、もうこんなに大きく……」

文彦は目を丸くし、愛くるしい女の子を見て言った。すでに十歳ぐらいになっているので、逆に彼は親だという実感が湧かなかった。

かぐや姫に似て整った顔立ちをし、黒髪が長く、白いブラウスに赤いスカート姿である。

「すごく聡明な子よ。何でも覚えが早いし」

千歳も出てきて言い、文彦はここを訪ねた本来の目的を思い出し、股間を熱くさせせた。そう、もちろん超美女の千歳とセックスしたくて来たのである。

「でも、安心した。実験台にされて切り刻まれず、香具夜が元気そうで」

「そもそも切り刻んでもこの子は死なないわ。かぐや姫と、その体液を吸収したあなたとの間に出来た子なのだから」

千歳が言う。もちろん切り刻んだりはしないだろうが、採血や採尿はしていることだろう。とにかく香具夜は、文彦以上に、かぐや姫に近い力を持っているようだった。

「じゃ、自分のお部屋で寝ていなさい」

千歳が、彼の意図を察したように言うと、香具夜も素直に頷いて、奥に設《しつら》えた部屋に入っていった。

そして千歳は、いつものベッドに文彦を誘った。

「多くの女とセックスしているみたいね。みんなあなたの体液から、それなりのパワーを身に付けはじめているはずだわ。まだ自覚はないかも知れないけど」

「少しずつだけど、超人類が増えているんだね」

「ええ、それらの女が子を生《な》せば、もっと増えていくわ。良いことよ」

千歳は言い、服を脱ぎはじめてくれた。

文彦も手早く全裸になり、ベッドに横たわった。

腕枕してもらうと目の前で三十五歳の爆乳が息づき、やはり自然なままの甘ったるい体臭が濃厚に漂ってきた。すると千歳が彼を抱きすくめ、額や鼻筋、頬にチュッチュッと唇を押し当ててくれた。

「嚙んで……」

文彦が言うと、千歳がかぐわしい口を大きく開いて頬の肉をくわえ、キュッと強く嚙み締めてくれた。

「ああ、気持ちいい……」

文彦は甘美な刺激に喘ぎ、超美女に食べられているような錯覚に陥った。

千歳ものしかかり、左右の頬をきつく嚙み、唇にも歯を立ててきた。

そのまま唇が重なり、舌がからまると、彼も舌を蠢かせ、千歳の生温かな唾液をすすり、甘い花粉臭の息で鼻腔を満たした。

千歳も、彼が好むのを熟知しているから、ことさらに多めの唾液をトロトロと口移しに注ぎ込んでくれ、文彦は生温かな大量の粘液をうっとりと味わい、喉を潤して酔いしれた。

そして充分に唾液と吐息を味わうと、千歳が口を離し、巨乳を彼の顔に押し付けてきた。

文彦も乳首にチュッと吸い付いて舌で転がし、顔中に柔らかな膨らみを感じながら夢中で愛撫した。

いつしか千歳も仰向けになって彼がのしかかり、左右の乳首を交互に含んで舐め回し、ときにキュッと歯で刺激した。腋の下にも鼻を埋め込み、甘ったるい濃厚な汗の匂いに噎せ返ると、その刺激が胸に沁み込んでペニスに伝わっていった。

文彦は充分に嗅いでから、白く滑らかな肌を舐め降り、臍を舐めて腹部の弾力を味わい、腰から脚を舐め降りた。

千歳が身を投げ出すと、彼は足裏を舐めて指の股に鼻を割り込ませ、蒸れた匂いを貪ってから爪先にしゃぶり付いた。

汗と脂の湿り気を味わい、両足とも味と匂いを堪能し尽くしてから、彼は千歳の股間に顔を進めていった。

白くムッチリした内腿を舐め上げ、たまにキュッと歯を食い込ませて感触を味わってから割れ目に迫った。はみ出した陰唇はヌメヌメと大量の愛液に潤い、光沢あるクリトリスも顔を覗かせていた。

文彦は顔を埋め込み、茂みに籠もる汗とオシッコの匂いを貪り、舌を挿し入れて淡い酸味のヌメリを掻き回した。

息づく膣口の襞から柔肉をたどり、突き立ったクリトリスまで舐め上げていくと、

「アアッ……、いい気持ち……」

千歳が熱く喘ぎ、内腿でキュッと彼の両頬を挟み付けてきた。

文彦も美女の悩ましく蒸れた匂いで鼻腔を満たし、湧き出てくるヌメリをすすり、執拗にクリトリスに吸い付いた。

さらに彼女の両脚を浮かせ、白く豊満な尻の谷間に鼻を埋め、蕾に籠もる微香を嗅ぎ、顔中で双丘を味わいながら舌を這わせた。

「あう……！」

ヌルッと潜り込ませて滑らかな粘膜を探ると、彼女が呻いてキュッと肛門で舌先をきつく締め付けてきた。

文彦は中で舌を蠢かせてから、再び割れ目に舌を戻すと、彼女が寝返りを打って彼を仰向けにさせ、女上位のシックスナインの体勢になってペニスにしゃぶり付いてきたのだった。

「く……」

スッポリと根元まで含まれて呻き、快感に幹を震わせながら彼も下から割れ目を舐め、クリトリスに吸い付いた。

「ンン……」

千歳も熱い鼻息で陰嚢をくすぐり、ネットリと舌をからめてくれた。

文彦はズンズンと股間を突き上げ、彼女の濡れた口の摩擦に高まり、滴るほど大量に溢れてくる愛液で喉を潤したのだった。

2

「ね、オシッコ出して……」

下から言うと、千歳は割れ目を文彦の顔に密着させ、亀頭を含んだまま息を詰めて舌の動きを止めた。

なおも彼が舌を挿し入れて舐めていると、すぐにも柔肉が迫り出して味わいが変化し、熱い流れがチョロチョロと控えめに滴ってきた。

それを口に受けて味わい、悩ましい匂いを感じながら夢中で喉に流し込んだ。

温もりとともに甘美な悦びが胸に広がり、その刺激がペニスに伝わった。

千歳の口の中で幹が歓喜にヒクヒク震えると、彼女も放尿しながら、思い出したように舌の蠢きと吸引を再開してくれた。

「ンン……」

彼女が熱く呻きながら顔を小刻みに上下させ、スポスポと濡れた唇で強烈な摩擦を繰り返した。

あまり溜まっていなかったか、放尿は一瞬勢いをつけただけで、すぐに治まってしまった。だからこぼすこともなく全て飲み干し、彼はポタポタと滴る余りの雫をすすって、残り香の中で割れ目内部を舐め回した。

たちまち新たな愛液が湧き出し、舌の動きを滑らかにさせ、残尿を洗い流すように淡い酸味のヌメリが満ちていった。

「もういいわ、入れましょう……」

ペニスからスポンと口を離した千歳が言い、身を起こして向き直ると女上位で跨がってきた。

先端に割れ目を押し付け、ゆっくりと亀頭を膣口に受け入れて座り込んだ。

「アア……、いい気持ち……」

ヌルヌルッと根元まで納めると千歳が喘ぎ、ピッタリと股間を密着させた。

文彦も肉襞の摩擦と温もり、大量のヌメリと締め付けに包まれて、暴発しそうな快感を味わった。

千歳は上体を起こしたまま、何度かグリグリと股間を擦り付けてから、ゆっくりと身を重ねてきた。

文彦も両手を回して抱き留め、膝を立てて尻の感触も味わった。

下から唇を重ね、ズンズンと股間を突き上げはじめると、

「ンンッ……」

千歳も熱く呻いて舌をからめながら、合わせて腰を遣った。

溢れる蜜がクチュクチュと音を立てて動きを滑らかにさせ、彼の陰嚢から肛門の方にまで生温かく伝い流れた。

「ああ、いきそうよ……」

千歳が口を離して熱く喘ぎ、文彦も彼女の甘い花粉臭の吐息で鼻腔を刺激されながら高まった。

膣内の収縮も活発になり、まるでペニスを奥へ奥へと吸い込むような蠢きをした。

舌鼓でも打たれているような快感で、先に文彦が絶頂に達してしまった。

「い、いく……！」

口走りながら、大きな快感に身悶え、熱い大量のザーメンをドクンドクンと勢いよく内部にほとばしらせると、

「き、気持ちいいわ……、アアーッ……！」

噴出を感じた千歳も、同時に声を上ずらせて口走り、ガクガクと狂おしいオルガスムスの痙攣を開始した。

文彦は溶けてしまいそうな快感を嚙み締めながら、心置きなく最後の一滴まで出し尽くし、徐々に突き上げを弱めていった。

「ああ……」

千歳も満足げに声を洩らし、熟れ肌の硬直を解きながらグッタリと彼にもたれかかってきた。

互いに動きを止めて重なり、文彦はまだ息づくような収縮を繰り返す膣内に刺激され、ヒクヒクと過敏に幹を震わせた。

そして美女の湿り気ある甘い吐息を嗅ぎながら、うっとりと快感の余韻を味わったのだった……。

「香具夜は、すごいスピードで成長しているわ」

股間を引き離し、添い寝したまま千歳が言った。

「かぐや姫は、三ヶ月で二十歳になったと言われているけど、その倍以上の速さよ」

「そんなに速く……」

「そして、月からの迎えが来そうな様子なの」

「え……」

言われて、文彦は驚いた。

「もっと長く香具夜を研究していたいけれど、月からの迎えには逆らえないでしょうね」

千歳が言う。確かに、千年経っても人間の力など高が知れているし、個人的な理由でミサイルなどの兵器を用意することなど出来ない。それに、そんな兵器も意味をなさないだろう。

「次の満月というと……」

「今月なら、二十三日だわ」

「あ、明後日……？」

せめて来月か再来月ならまだしも、そんなに急では、ろくに香具夜の研究も出来ないだろう。

「ね、文彦。香具夜と一緒に月へ行って」

「そ、そんな……！」

千歳の言葉に、さらに文彦は度肝を抜かれた。

「君なら、かぐや姫の地球での夫だし、香具夜の父親だから、きっと頼めば連れて行ってくれるわ」

「い、行ったって、帰ってこられないかも。また何千年も向こうで過ごして、高校生に戻るなんてのもごめんだし……」

「迎えが来たとき、ちゃんと帰れるか交渉して。無理なら諦めるから」

「わ、分かりました」

「もし月の中へ行けたら、不老不死や時空を飛び越える秘密を探ってきて。直に月の人に訊いてもいいし、まだかぐや姫もいるなら、きっと教えてくれるわ」

「い、いるのかな、あれから千年経って……」

文彦は言い、あのかぐや姫にまた会えるのなら、行ってみても良いような気になってきた。

いま、ここにあるルナ機関は千歳だけが管理し、貴一郎は都内に住み、国と繋がっているようだ。不老不死も時間旅行も、日本だけの最高機密になっているのかも知れない。

いずれ文彦が月へ行き、秘密と深く関われば、ルナ機関の研究の全貌も彼に明かしてくれることだろう。

月の探索機は何度も着陸しているが、実は月の内部はかぐや姫たちの宇宙船で、表面だけ土でカムフラージュされているらしい。その地下への入り口がどこにあるのか、まだ誰にも発見されていないだろう。

「とにかく明後日の夕方、またここへ来て」

千歳は言うとベッドを降り、バスルームへと行ってしまった。

3

「ごめんなさいね、呼び出したりして。今日は二人だけで会いたかったから」

翌日の昼過ぎ、マンションを訪ねると女子大生の麻理江が出てきて言い、文彦を迎え入れてくれた。

彼も上がり込み、淫気を高めながら、相変わらず濃厚な匂いの沁み付いた麻理江の寝室へと入った。

沙貴との三人プレイも夢のように心地よく楽しかったが、やはり秘め事は一対一の淫靡な密室に限るのだろう。

それは、麻理江も同じ気持ちのようだった。

それに文彦との行為が、想像を遙かに超えた快感だったので彼女は忘れられなかったのだろう。

(明日、もしかして月に行くかも知れないので、麻理江を味わったら、もう当分地球人とセックスできないのじゃないか……)

文彦はそう思ったが、麻理江は最後に相応《ふさわ》しい美貌と、濃厚な匂いをさせているので、彼は激しく勃起してきた。

「メールで言われた通り、シャワーも浴びず歯磨きもしていないし、ウォシュレットも使っていないけどいいの？　また徹夜明けで、仮眠の寝起きなのだけど」

麻理江が言うと、彼は期待にペニスを震わせた。

「じゃ、脱ごう」

文彦は言い、すぐにも服を脱ぎ去って全裸になってしまった。

「わあ、すごく勃《た》ってるわ。嬉しい……」

彼のペニスを見た麻理江が目を輝かせて言い、自分も手早く全て脱ぎ去った。

文彦はベッドに横になり、枕に沁み付いた麻理江の濃厚な匂いを嗅いでペニスを震わせた。さらに彼女は丸メガネを外し、ツインテールのリボンも解いてセミロングの髪を下ろした。

オタクかアニメ系のキャラが、一変して可憐なソバカス美女になってベッドに上がってきた。

「どうしたらいい？」

「じゃ、ここに座って、脚を伸ばして」

仰向けになった文彦が下腹を指して言うと、麻理江も物怖じせず跨がり、濡れはじめている割れ目をピッタリと密着させて座り込んだ。

彼は両膝を立てて麻理江を寄りかからせ、両脚を伸ばさせた。

「アア……、人間椅子ね……」

麻理江が言い、両の足裏を遠慮なく彼の顔に乗せてきた。

文彦も、生温かな足裏を顔に受け、麻理江の重みと温もりを受け止めながら舌を這わせた。

指の股に鼻を押し付けると、今日もムレムレの匂いが濃厚に沁み付き、彼は充分に嗅いでから爪先をしゃぶり、汗と脂の湿り気を貪った。

「あん、くすぐったいわ……」

麻理江が喘いで腰をくねらせるたび、生ぬるく濡れた割れ目が彼の下腹に擦り付けられた。

彼は両脚とも味と匂いを堪能し、やがて足首を摑んで顔の左右に置いた。

そして手を引くと、麻理江も腰を浮かせて前進し、完全に和式トイレスタイルで彼の顔にしゃがみ込んできた。

脚がM字になると脹ら脛と内腿がムッチリと張り詰め、ぷっくりと丸みを帯びた割れ目が鼻先に迫ってきた。

はみ出した割れ目が僅かに開いて、ヌメヌメと潤う膣口と光沢あるクリトリスが覗いた。

文彦は腰を抱き寄せ、柔らかな茂みに鼻を擦りつけて嗅いだ。

隅々には、生ぬるく蒸れた汗とオシッコの匂いが濃厚に沁み付き、悩ましく鼻腔を刺激してきた。

彼は胸を満たしながら舌を這わせ、淡いチーズ味のヌメリを掻き回し、息づく膣口からクリトリスまで舐め上げていった。

「アアッ……、いい気持ち……！」

麻理江がビクッと反応して喘ぎ、思わず座り込みそうになって両足を踏ん張った。

文彦はチロチロとクリトリスを弾くように舐め、溢れる蜜をすすり、白く丸い尻の真下に潜り込んでいった。

ひんやりした双丘を顔中に受け止め、ピンクの蕾に鼻を埋め込んで嗅ぐと、生々しい匂いが鼻腔をくすぐり、彼はうっとりしながら舌を這わせた。

イソギンチャクのように収縮する蕾を舐めて濡らし、ヌルッと潜り込ませて滑らかな粘膜を探ると、

「あう……」

麻理江が呻き、キュッときつく肛門で舌先を締め付けてきた。

文彦は舌を蠢かせてから、再び割れ目に戻って大洪水の愛液を舐め取り、チュッとクリトリスに吸い付いた。

「い、いきそう……」

麻理江が息を詰めて言い、早々と果てるのを惜しむように股間を引き離した。

そのまま仰向けの彼の上を下降し、開いた股間に陣取ると顔を寄せてきた。

まずは彼の両脚を浮かせて尻の谷間を舐め、自分がされたようにヌルッと舌先を潜り込ませた。

「く……」

文彦も受け身になって呻き、モグモグと味わうように美女の舌先を肛門で締め付け

た。彼女も息で陰嚢をくすぐりながら、中で舌を蠢かせてくれた。

やがて舌を離して脚を下ろすと、陰嚢にしゃぶり付き、二つの睾丸を転がした。

そして顔を進めると、いよいよ肉棒の裏側をゆっくり味わうように舐め上げ、滑らかな舌が先端までやって来た。

粘液の滲む尿道口を舐め、亀頭を含んで吸い付き、口の中では舌先が左右にチロチロと蠢いた。

「ああ、気持ちいい……」

文彦も快感に喘ぎ、生温かな唾液にまみれたペニスを最大限に膨張させていった。

麻理江もスッポリと根元まで呑み込んで舌をからめ、熱い息を股間に籠もらせながら、スポスポとリズミカルに摩擦してくれた。

「い、入れたい……」

すっかり高まって言うと、待っていたように麻理江もチュパッと口を離して顔を上げた。身を起こして前進し、自分から遠慮なくペニスに跨がって先端に割れ目を押し当ててきた。

ゆっくり腰を沈めると、張り詰めた亀頭が潜り込み、あとはヌルヌルッと滑らかに根元まで呑み込まれていった。

「アアッ……、いいわ……！」

麻理江が顔を仰け反らせて喘ぎ、キュッキュッときつく締め付けてきた。

文彦が温もりと潤いを味わいながら両手を伸ばすと、彼女も身を重ねてきた。

股間を密着したまま顔を潜り込ませ、乳首に吸い付いて舌で転がすと、

「ああ……」

麻理江が喘ぎ、乳首と連動するように膣内が収縮した。

左右の乳首を含んで舐め、顔中で柔らかな膨らみを味わってから、腋の下に鼻を埋め込んでいくと、今日も甘ったるく生ぬるい汗の匂いが濃厚に籠もって鼻腔を刺激してきた。

すると麻理江が待ちきれなくなったように腰を動かしはじめ、上からピッタリと唇を重ねてきたのだ。

文彦も両手を回し、両膝を立ててズンズンと股間を突き上げはじめた。

「ンンッ……！」

彼女が熱く呻き、次第に互いの動きが一致し、果ては股間をぶつけ合うように激しいリズムになっていった。溢れる愛液が動きを滑らかにさせ、ピチャクチャと淫らな摩擦音が響いた。

「ああ……、いい気持ち、いきそう……」

麻理江が唇を離して喘ぎ、文彦も高まりながら開いた口に鼻を押し付けて息を嗅いだ。今日も麻理江の口からは甘酸っぱい芳香が濃厚に洩れ、悩ましく鼻腔を刺激してきた。

「唾を垂らして……」

言うと彼女も懸命に口に溜め、白っぽく小泡の多い唾液をクチュッと吐き出してくれた。それを舌に受けて味わい、うっとりと喉を潤すと甘美な悦びが胸に広がっていった。

「顔中もヌルヌルにして」

さらにせがむと、麻理江も大胆に舌を這わせ、彼の鼻から額までペローリと舐め上げ、頬や瞼まで舐め回し、生温かな唾液でヌルヌルにまみれさせてくれた。

「ああ、いく……！」

たちまち文彦は絶頂に達し、口走りながら大きな快感に全身を貫かれてしまった。

同時に、熱い大量のザーメンがドクンドクンと勢いよくほとばしり、柔肉の奥深い部分を直撃すると、

「い、いっちゃう……、アアーッ……！」

噴出を感じた麻理江も声を上げ、激しくオルガスムスに達した。

ガクガクと狂おしい痙攣が繰り返され、膣内の収縮も最高潮になってペニスを刺激した。

文彦も激しく股間を突き上げ、熱く濡れた襞の摩擦快感を心ゆくまで味わい、最後の一滴まで出し尽くしていった。

満足しながら動きを弱めていくと、

「アア……、良かったわ……」

麻理江も精根尽き果てたように声を洩らして全身の強ばりを解き、グッタリと力を抜いて体重を預けてきた。

彼も重みと温もりを受け止めながら、まだ息づく膣内でヒクヒクと幹を過敏に震わせた。そしてかぐわしく甘酸っぱい息を嗅ぎながら、うっとりと快感の余韻に浸り込んでいったのだった……。

4

「いよいよ満月ですね。晴れているからよく見えるでしょう」

夕方、文彦がルナ機関に行って千歳に言った。

「家の方は大丈夫？」

「ええ、冬休みなので、少し一人旅に行ってくると言ったので」

千歳に訊かれ、文彦は答えた。

受験勉強はあるが、どうせ問題なく合格するだろうし、何しろパワーがあるから両親も彼の言葉を疑いなく受け入れてくれたのだ。

「じゃ月旅行に行っても安心ね」

「本当は明日、沙貴の家でのクリスマスパーティに呼ばれているのだけど」

「時間調整をして、明日には帰してもらうといいわ」

「そんなにうまくいくかなあ……」

文彦は、ブラウスにスカート姿で東の空を見つめている香具夜を見て言った。

地下ではなく、バラック小屋の前の庭である。

すでに香具夜は、中学生ぐらいの年齢にまで成長していた。一度も切っていない黒髪が長く艶やかで、彼は我が子ながらムラムラといけない気分になってしまいそうで必死に抑えた。

「パパが一人だけ帰るのなら、その竹林に、タケノコ型のカプセルで戻すわ」

と、いきなり香具夜が振り返って言った。

「え……、もう月と交信しているの？」

「ええ、パパは一度ママの中に入って生まれ直して、赤ん坊として地球に戻るの」

「おいおい、また赤ん坊からじゃ時間がかかって仕様がないよ」

「大丈夫。私よりも早く成長するし、記憶も元通りだから」

香具夜が愛くるしい顔つきで言った。

「私が責任をもって育てるわ。どうせ何日もかからないだろうし」

千歳も言い、それはそれで心地よいかも知れないと文彦は思った。

「どちらにしろ、明日のクリスマスは無理だな。何とか、平成最後の年末中に戻れればいいか……」

彼が言ったとき、東の山の上から月が顔を覗かせた。

まだ日が没したばかりで西空は赤く染まっているが、中天は深いブルー。そしてレモン色の大きな満月がみるみる昇りはじめた。

年末だが寒くはなく、むしろ生温かな風が心地よく皆を包み込んでいた。

そのとき月の方から何か光るものが飛来し、周囲が昼間のように明るくなってきたではないか。

あるいは見ているのは彼らだけで、近隣の人には見えないのかも知れない。

近づいてきたのは、文彦が千年前に見た、蓮の台のような紋様のある円盤である。

「来て、パパ」

香具夜が言って円盤の真下に行くので、どうやら迎えの人の許可など要らず、文彦も一緒に行かれるようだ。

「文彦、よく見聞きしてきて」

千歳が少し離れたところから言った。

「地球のものは持って行かれないから脱いで」

香具夜が言い、ブラウスとスカート、下着と靴まで手早く脱ぎ去った。

文彦もその場で脱ぎ去り、草むらに服を置いて全裸になった。

その間にも円盤は接近し、二人の真上に来て輝きを増した。千年前のように迎えの者は来ず、羽衣《はごろも》を着ることもなく、もちろん感情の消える薬を舐めたりせず、何しろ香具夜がいるので一緒に乗り込むだけらしい。

香具夜が、文彦にしがみついてきた。

瑞々しい肌が密着し、甘い匂いが感じられ、文彦も我が娘なので勃起を抑えつつ抱きすくめた。

すると二人の身体が宙に浮かび、そのまま光とともに円盤に吸い込まれていった。

（うわ、とうとうエイリアンの乗物の中に……）

文彦は思った。この千年で様々な人間離れした体験をしてきたが、これが最も衝撃的で大きな出来事であった。

白い光の他は何も見えず、感じるのは香具夜の初々しい肌の感触だけである。

しかし間もなく、気がつくと光が消え失せ、文彦と香具夜は柔らかな床に両脚を着けていた。

（円盤の中……？）

見回したが窓はなく、どこに壁があるのかも分からない靄《もや》の中だ。

「こっち」

香具夜が手を引き、彼を奥へと導いていった。

すると、そこに千年ぶりに会うかぐや姫が待っていたのである。彼女は前と同じ長い黒髪に、羽衣のような薄い布に身体を覆われていた。

「ひ、姫様……」

「お久しぶりです、文彦さん」

言うと、かぐや姫も答え、透き通った笑みを向けてくれた。もちろん千年経っても美貌と体型に変わりはなかった。

「今、月に入りました」

かぐや姫が言う。どうやら光速で移動し、すでにルナ機関の上空から月の地下に戻ってきたらしい。

どこに入り口があるのか分からないが、月の内部には遠い星の文明機器が詰まっているのだろう。

やがてかぐや姫に促され、文彦と香具夜も円盤から外に出て、やはり白い靄のかかった部屋に入った。香具夜は別室に行ってしまい、地球人との混血ということで、色々と調べられるのかも知れないと思った。

「香具夜を育ててくれて有難う」

「いえ、面倒をみたのは千歳さんですので」

文彦は、千年ぶりに会うかぐや姫の美貌に見惚れて答えた。しかし不老不死の彼女からすれば、千年などあっという間のことなのだろう。

やがてかぐや姫が羽衣を脱いで全裸になり、彼を抱いて横になった。ベッドなど見えないのに、どのような体勢を取ってもそこは快適な空間であった。

そして肌を密着させると、彼女の様々な想念や記憶が彼の頭の中へと流れ込んできたのだった。

月は乗物だが、遠い星からの流刑地。罪を犯したものが送り込まれ、さらに地球での修行を強いられる。

かぐや姫は不倫を犯したということだったが、刑を終えて月に戻り、なおもここにとどまっていたようだ。

「私たちの遠い母星では不倫をしようにも、すでに男が死滅しています。そこで、私と地球の男との間にも子が出来ることが分かったので、また交わって頂きます」

かぐや姫に言われ、文彦はムクムクと激しく勃起してきた。

いま月にいる女たちはほんの数人らしく、それら全てと交わり、孕《はら》ませたら文彦は地球に戻るよう手配してくれるらしい。

そして彼女たちも、遠い星へと帰還するようだった。

もちろん香具夜だけは、文彦の子なので交わるわけにいかないだろう。

「他の男ではダメだったのかな。どうして僕が」

「不老不死の薬の灰を舐めた一族と交わって力を宿し、しかも我々との相性、資質が認められたからよ。そして、あなたの子は、もっと相性の良い男になるわ」

彼女が言う。してみると、今後彼女たちには、文彦が地球の女性を孕ませ、生まれた男の子が必要になるのかも知れない。

やがて彼女が、白く豊かな胸に文彦の顔を抱き寄せた。

彼もピンクの乳首に吸い付き、舌で転がしながらもう片方を揉みしだいた。

あとは、もう言葉など交わさなくても、触れ合った部分から気持ちが伝わり合うことだろう。

「ああ……、いい気持ち……」

かぐや姫が熱く喘ぎ、見事に整った柔肌を悶えさせ、生ぬるく甘ったるい匂いを漂わせた。

左右の乳首を順々に含んで舐め回し、彼は顔中で柔らかな膨らみを味わってから、腋の下にも鼻を埋め込んでいった。そこにはやはり色っぽい腋毛があり、鼻を埋めて嗅ぐと甘ったるい汗の匂いが濃厚に沁み付いていた。

遠い星から来たのに、人と全く同じ肉体をしているというのも不思議なものだ。

大きさの違う月と太陽が、地球から見て同じ大きさに見えるという確率は奇蹟に近いと言われたが、実は月は人工物だった。してみると、かぐや姫たちも地球人に合わせるよう身体を作っているのかも知れない。

文彦は考えるのを止め、淫気に包まれながらかぐや姫の滑らかな肌を舐め降り、脚をたどって足裏に舌を這わせ、指の股にも鼻を割り込ませて嗅いだ。

そこも蒸れた匂いが籠もっているが、これらも全て彼の好む匂いを作っているのではないか。

それでも彼は激しく勃起し、両の爪先をしゃぶってから股間に顔を寄せていった。

白くムッチリした内腿を舐め上げて割れ目に迫ると、悩ましい匂いを含んだ熱気と湿り気が彼の顔を包み込んできた。

黒々と艶のある茂みに鼻を擦りつけて嗅ぐと、何とも濃厚な汗とオシッコの匂いが鼻腔を掻き回し、彼は何度も吸い込みながら舌を挿し入れていった。

割れ目内部は生ぬるい大量の蜜が溢れ、彼は膣口の襞をクチュクチュ掻き回して味わい、色づいたクリトリスまで舐め上げていった。

「アア……、いい気持ち……」

かぐや姫が熱く喘ぎ、内腿でキュッときつく彼の顔を挟み付けてきた。

文彦は執拗にクリトリスを吸ってはヌメリを舐め取り、さらに白く豊満な尻の谷間にも顔を埋め込んでいった。

ピンクの蕾に鼻を埋めると、秘めやかな微香が籠もって鼻腔を刺激し、舌を這わせてヌルッと潜り込ませると、

「あう……！」

かぐや姫が呻き、キュッと肛門で舌先を締め付けてきた。

あれから千年、彼女がここで何を飲み食いしてきたか分からないが、特に違和感もなく舌を蠢かせ、文彦は超美女の前と後ろを貪り尽くした。

するとかぐや姫が移動し、彼の股間に顔を埋め込み、亀頭にしゃぶり付いてきたのだ。まるで無重力空間にいるように、体位を変えるのも実にスムーズで自由自在であった。

「ああ……」

根元まで呑み込まれ、文彦は快感に喘いだ。

彼女も舌をからませて熱い息を籠もらせ、吸引と摩擦を繰り返してくれた。

そして彼が危うくなる前にスポンと口を離し、互いの股間を合わせて交わってきたのである。

宙に浮いた感じなので、正常位か女上位か、どちらが上かも分からないが、とにかくペニスはヌルヌルッと滑らかに根元まで嵌まり込み、互いに抱き合った。

「アア……、いいわ……、突いて……」

かぐや姫が言い、文彦もズンズンと腰を突き動かしながら唇を重ね、ネットリと舌をからめて清らかな唾液をすすった。

「い、いく……、アアーッ……！」

たちまちかぐや姫が口を離して喘ぎ、文彦も、その熱く湿り気ある甘い吐息を嗅いだ途端、激しく昇り詰めてしまった。

快感とともにドクンドクンと熱いザーメンを注入し、心置きなく最後の一滴まで出し尽くしていったのだった……。

5

「わあ、これが地球の男……」

文彦が別室に行くと、三人の美女たちが歓声を上げ、羽衣を脱ぎ捨てて彼を取り囲んできた。

かぐや姫は奥へ引っ込み、彼が地球へ帰る準備をするのだと言っていた。

三人とも、見た目は十代後半で、人気アイドル級の美形ばかりである。

彼女たちは罪人ではなく、流刑地の職員というところだろうか。もっとも母星に男がいなくなったので方針は変わり、ここは流刑地ではなく、やがて文彦の子である男子たちを招く中継地点になるのかも知れない。

そうなると、ここへも母星から順々に美女たちが送られてくるのだろう。

とにかく三人の美女に迫られ、文彦は圧倒されながらもピンピンに勃起してしまった。その先端に一人がしゃぶり付き、二人が同時に唇を重ねてきた。

彼は温かく濡れた口腔に含まれて吸われ、二人分の舌を味わいながらうっとりと酔いしれていった。

二人とも吐息は花粉のように甘い刺激を含み、生温かな唾液の量も多く、肌からも甘ったるく濃厚な汗の匂いが漂っていた。

やがてペニスから口を離すと、別の子が根元まで呑み込んで吸い、彼もそれぞれの乳房を揉み、割れ目に指を這わせた。

三人ともネットリとした大量の蜜を漏らし、彼は順々に割れ目を舐め、クリトリスを吸い、肛門にも舌を挿し入れて蠢かせた。

「ああ、いい気持ち……」

みな歓喜に声を上ずらせ、順々にしゃぶってから、やがて一人目が挿入してきた。

ヌルヌルッと根元まで嵌め込むと、

「アアッ……、なんていい……」

彼女がキュッと締め付けて喘ぎ、他の子も彼の唇を奪ったり、割れ目を押し付けたりしてきた。

「い、いっちゃう……、ああーッ……！」

一人目がガクガクと痙攣してオルガスムスに達すると、すぐ次の子が、愛液も乾かないうちに自らの割れ目を押しつけ、挿入してきた。

文彦も微妙に異なる温もりと締め付けを感じながら、暴発を堪えて腰を突き動かした。かぐや姫にもらったパワーがなかったら、すぐ漏らしていただろうが、今は何とか保つことが出来た。

そして二人目も絶頂に達し、三人目が交接してきた。

先に満足した二人も彼は左右に引き寄せ、三人で同時に舌を舐め合い、混じり合った唾液を飲ませてもらった。

甘酸っぱい息の匂いが三人分鼻腔を湿らせ、生温かなミックス唾液で喉を潤しながら、とうとう文彦も昇り詰めてしまった。

「く……！」

快感に呻き、ありったけのザーメンをドクンドクンと勢いよくほとばしらせると、

「あ、熱いわ、気持ちいいッ……！」

三人目も噴出を受けるなりオルガスムスに達し、キュッキュッと心地よくペニスを締め付けてきた。

これで、彼女に命中してしまったのかも知れない。何しろ、待ちに待っていた男なのだから、全身が貪欲にザーメンを吸収したことだろう。

文彦は心ゆくまで快感を嚙み締め、最後の一滴まで出し尽くしていった。

そして動きを止め、最後の子の膣内でヒクヒクと過敏に幹を跳ね上げ、三人分の吐息を嗅ぎながら、うっとりと快感の余韻を味わったのだった……。


「来て、パパ」

美女たちから身を離して呼吸を整えていると、香具夜が文彦を呼びに来た。香具夜は、別に文彦が誰とセックスしようと気にならないらしい。それこそ、感情のない月の住人のようだった。

「ママの体内に入って、生まれ直して地球に帰って」

言われて奥の部屋へ行くと、初めて白い靄がかかっていない、近代的な研究室のような場所に入った。

そこには透明で大きなドームが据えられ、中にかぐや姫が横たわっていた。

しかも、かぐや姫の身長は十五メートル以上、何と通常の十倍ほどの大きさになっているではないか。

「これが、私たちの本来の大きさなの」

香具夜が言い、文彦はその全裸の巨大美女に見惚れた。

そしてかぐや姫の股間には、金色をしたタケノコ型のカプセルが装着されていたのである。

ここに胎児となった文彦が入り、地球に送還されるのだろう。

かぐや姫の子となって産み出されたら、さらに強力なパワーの持ち主になるに違いない。あるいは、かぐや姫から、地球を征服するように命じられるのではないか。

とにかく香具夜がドームの入り口を開けた。

「じゃ、いつの日かまた会いましょう。パパ、好きよ」

香具夜が言うなり、彼の頬にチュッと唇を押し付けた。

「あ、ああ、香具夜も達者で……」

彼は言い、やがてドームの中に入ると、香具夜が入り口を閉めた。ドームの内部には甘ったるく濃厚な、かぐや姫の体臭が立ち籠めていた。

「じゃ、来て、文彦さん。恐いことはないわ」

かぐや姫が言い、その手のひらに彼を乗せて口に運んだ。

大きく開かれた、かぐわしい口を前に、文彦はまた激しく勃起してしまった。

たちまちかぐや姫は文彦を口に含み、彼も濃厚に甘い匂いに包まれ、濡れた舌で弄《もてあそ》ばれて唾液にまみれた。

咀嚼《そしやく》されてしまうかと思ったが、彼女は文彦を丸呑みにした。

暗く温かな内部に入っていき、文彦は粘液に包まれながら、まるで死ぬ直前のように千年分の記憶を脳裏に甦らせた。

やがて胃の中に入ると、全身が心地よく溶け、超美女に吸収されていく気がした。

あとは暗い中で何も考えられず、かぐや姫に吸収された自分が再び再生され、胎児として丸められてゆく感覚に包まれた。

それは、オルガスムスが永遠に続くような、恐ろしいほどの快感であった。

あとは浮遊感が続き、とうとう文彦も意識を失ったのだった……。


――どれぐらい時間が経ったのだろう。

文彦は眩《まぶ》しさにうっすらと目を開いた。

「まあ、可愛い。文彦、私が新しいママよ」

千歳が、竹林に刺さったタケノコ型カプセルから彼を取り出し、抱いてルナ機関の地下に入っていった。

小さなベッドに寝かされたので、これは前に香具夜を育てたものと同じものだろう。

文彦は、身体は赤ん坊になっていたが、全ての記憶ははっきりしていた。

「ち、千歳さん……」

「まあ、もう話せるの？　なに」

「今日は何日？」

「平成最後の、クリスマス・イヴの朝よ」

千歳が答えた。してみると彼は、月で一晩過ごしただけのようだ。

「じゃ、もう今夜のパーティは無理だな……」

「そうね、いくら何でも一日で元には戻らないでしょう。それより、少しぐらい小さいままでいて可愛がらせて」

千歳が顔を寄せ、生まれたての彼の頬に唇を押し当ててきた。

「ミルクは要らないわね。香具夜も、水とお粥《かゆ》ぐらいだったから」

「つ、唾が飲みたい……」

「まあ、この世で一番変な赤ちゃんだわ」

千歳は苦笑しながらも口に唾液を溜め、口移しにトロトロと注ぎ込んでくれた。

文彦も生温かな美女の唾液を飲み込み、甘美な悦びで胸を満たした。

「まあ、勃ってきたわよ。この世で一番早熟ね」

千歳が言い、勃起しはじめた無垢なペニスをつまみ、包皮を剥いて艶やかな亀頭を露出させた。

そして優しくしゃぶってくれ、文彦も快感とともに、全身に言いようのない強大なパワーを感じはじめていた。

部屋の隅には、昨夜円盤に乗り込む前に脱いだ服と靴が置かれていた。それを着られるまで何日かかるだろうか。

「元に戻ったら、また文彦の童貞を奪ってあげるわ」

千歳が顔を上げて言った。

全く、置き去りにされて千年も生きたり、月へ行って赤ん坊に戻ったり、同じ女性に何度も童貞を奪われたり、これほど変な人生を送っているのは自分だけだろうと彼は思った。

「とにかく、落ち着いたら月の話を聞かせてもらうから、今日はゆっくり休んで」

千歳は言い、ベッドに横になってしまった。

やはり彼がいつカプセルで戻ってくるか、徹夜で庭を見張っていたのだろう。
文彦も力を抜いて、頭の中を整理しようとした。
（早く、私たちに合う地球の男を増やして……）
すると頭の中に声が響いた。それは、香具夜の声であった。

（了）

＊本作品はフィクションです。作品内に登場する人名、地名、団体名等は実在のものとは関係ありません。

長編小説
みだら千年姫《せんねんひめ》
睦月影郎《むつきかげろう》

2018年12月24日　初版第一刷発行
2019年12月25日　初版第二刷発行

ブックデザイン……………………　橋元浩明(sowhat.Inc.)

発行人……………………………………後藤明信
発行所……………………………………株式会社竹書房
〒102-0072　東京都千代田区飯田橋2－7－3
電話　03-3264-1576（代表）
03-3234-6301（編集）
http://www.takeshobo.co.jp
印刷・製本…………………………凸版印刷株式会社

ISBN978-4-8019-1698-2　C0193